庫

芙蓉の人

新田次郎

文藝春秋

目次

芙蓉の人

1

千代子は道灌山《どうかんやま》の頂《いただき》に立って富士山を見ていた。純白な富士山と青空との対照を美しいと思った。見詰めていると、そのまま吸い寄せられて行きそうであった。

千代子が野中到《いたる》と結婚して東京に来たのは三年前の明治二十五年であった。生家のある福岡から東京へ来る間に富士山を見たいと思ったが、富士山は雲にかくれて見えなかった。東京に来てからは富士山を見るような機会には恵まれなかったし、東京の市内から富士山が見えるなどとは思っていなかった。だから、千代子が道灌山の頂から見た富士山は彼女が生れて初めて見るものであった。彼女がそれまでに、絵や写真で見たり、夫の野中到の口から聞いた富士山とはずいぶんと違ったものだった。優しい美しさではなく、冷たい美しさだと思った。氷雪の輝きが、青空をバックにしてそれを冷たいものに見せるのか、比較すべきなにものもない、その偉容が、結局は冷たい美しさとして受取れるのかよくわからなかった。とにかく、花を見て感ずるものとは根本的に違ったものを彼女は富士山に見ていた。

「ね、園子、富士山よ、お父さまがいま登っている富士山よ」

千代子は彼女の背にいる園子に云ったが、園子は、ねんねこばんてんの中で眠っているらしく微動だにしなかった。

到が東京を出発したのは一昨日の二月十四日だった。きのう登る予定だったが、一日中風雨が強かったので、おそらく麓《ふもと》に待機していて、今朝早く山頂に向って出発したものと思われる。あのつややかに輝く富士山のどこかに夫の到がいるのだと思うと、声を掛けて呼んで見たいような気持にもなるのだが、すぐ千代子は、いま彼女が見ているのは富士山の東面であって、到が登山した御殿場口は、南東面に当っていることに思いつくと、眼を、富士山の肩から左側に斜めに流れ落ちる稜線にやって、もしかすると、あの辺になどと考えるのであった。

富士山はあまりにも高いがために、冬期は容易に近づき難いところであり、いままで一人として、冬期、富士山の頂上に立った人はいないというのに、到はたった一人でその富士山の頂上に向ったのである。到が、なぜそんな危険を冒《おか》して富士山頂に登らなければならないかということは、到の口から何度か聞き、その折には納得できたけれど、いざ到が、その危険な山へ行く段になると、千代子は、到を引き止めたい気持になった。

「天気予報が当らないのは、高層気象観測所がないからなのだ。天気は高い空から変ってくるだろう。その高い空の気象がわからないで天気予報が出せるわけがない。富士山は三七七六メートルある。その頂に気象観測所を設置して、そこで一年中、気象観測をつづければ、天気予報は必ず当るようになる。だが、国として、いきなり、そんな危険なところへ観測所を建てることはできない。まず民間の誰かが、厳冬期の富士山頂で気象観測をして、その可能性を実証しないかぎり、実現は不可能である」

千代子は夫が日ごろ口にしているその言葉を暗記していた。

(だからと云って、あなた一人が、なぜそんな危険なことをしなければならないのでしょうか)

千代子はそう云いたかったが黙っていた。こらえていたのである。

今年の一月四日に、富士山頂に登ると云ってでかけたときも、千代子は、到を引き止めたかった。もしものことがあったならば、後に残った私たちはどうなるのだと云いたかった。だが、そのときも千代子は涙も見せずに夫を送った。彼女は、女は耐えるものだということを、幼児のころから教えられていた。耐えることのみが女の美徳であり、それ以外には女の存在を示す方法はないもののように母に教えられ、育てられて来た彼女は、夫が如何《いか》なることをしようと、その結果がどうなろうと耐え忍ぶしかない女の道を悲しく思うのであった。

一月四日に氷雪の富士山に向った到は、五合目で、氷を割ろうとして鳶口《とびぐち》を折り、同時に靴の底に打ってあった滑り止めの釘が曲って用をなさなくなったがために登山をあきらめて下山した。そのとき、千代子は無事に帰って来た到の前に両手をついて、お帰りなさいませと云っただけだった。涙が湧いて来そうだったが、姑《しゅうとめ》のとみ子の前ではそれを我慢していた。

その夜、千代子は到が冬の富士登山がいかに困難であったかを舅《しゅうと》の勝良に話しているのを部屋の隅で聞いていた。勝良は東京控訴院判事であった。

「氷は石よりも鋼《はがね》よりも堅いように思われました。表面が鏡のように光っていて、もし足を滑らせたら、そのまま麓まで滑り落ちて行くことは確実です。ところどころに岩が出ていますから、そういうものに、打ちつけられたら生きて再び帰ることはできません」

到は父勝良の前に正座して、いちいち言葉に区切りをつけて報告した。

「結局、鳶口と靴が適当ではなかったというわけか、ほかになにか気がついたことはなかったか」

聞き終ったあとで勝良が云った。

「風です。富士山の冬の風はおそるべき風です。冷たいというのではありません。どっちからともなく突然吹いて来る強風です。その風にやられたときの感じは、暗い夜道を歩いていて、いきなり突き飛ばされたのと同じようなものでした」

ほほうと勝良は、到のその表現に感じ入ったようだった。

「富士山は堅氷で武装し、突風という槍《やり》を突き出して来るというのだな、それでお前はその富士山とどのようにして戦うつもりだ」

「堅氷を砕《くだ》いて足場を作るには鳶口ではどうにもなりません。今度行くときは鶴嘴《つるはし》を持って行くつもりです。そして、靴の裏に打っていった釘はやめて、もっと幅が広くて先のとがった爪のような釘を打ちつけて行くつもりです」

勝良はなるほどと頷《うなず》いていた。

到はそれから一カ月の間に、何回となく鍛冶屋《かじや》に行ったり、靴屋に行ったりして準備を急いでいたが、いよいよ一昨日出発するとき、鶴嘴を千代子に見せて、

「これならば、どんな堅い氷でも叩き割ることができる」

と云った。そのとき靴はもう背負袋の中に入っていたから、その底にどんなふうな釘を打ってあるのか想像することはできなかった。到は、一月四日の登山失敗直後、中央気象台の和田雄治技師を訪ねて、フランス留学帰りの彼に、ヨーロッパの登山用具について質問したことを洩らしていたから、靴の底には、或る程度の改良がなされているものと思われた。だが、千代子には、気象学については造詣《ぞうけい》の深い和田雄治であっても、登山用具のことなど知るよしもないように考えられ、結局は到自身の創意によって改良されたそのものの出来不出来が、冬富士への登頂の成否の鍵を握るもののように思われた。

千代子は、到がその重い鶴嘴を担いで登るのかどうか訊《き》きたかったが、訊けなかった。そういうことを訊くと到がたちまち不機嫌な顔をするところは、舅の勝良が姑のとみ子に、女は男の仕事に口出しをするものではないと、一方的にきめつけるのとよく似ていた。到は彼自身気が向けば、仕事のことを話すけれど、千代子の方から質問したことに対しては、とがめるような眼《ま》ざしか、もしくは徹底した沈黙を以て応《こた》える場合が多かった。

千代子は、青空にくっきりと白い姿を突き出している富士山の氷雪の上を、到が鶴嘴を担いで登って行く恰好を想像するとひどく滑稽な姿に思えて来るし、そうかと云って重い鶴嘴を槍を抱えこむようにして登るとも考えられなかった。彼女は、到がその鶴嘴を、白い氷壁の上で、持て余しているだろうと思った。

到は、前夜御殿場口太郎坊の小屋で風雨の音を聞きながら夜を明かした。雨は朝の六時には止んで青空が出た。到は六時半に太郎坊を出発して頂上に向ったが、季節はずれの前夜の大雨で、雪が溶けたために、雪汁《ゆきじる》の中に膝までもぐるような苦しい登山を三合目まで続けた。しかし三合目から上は、堅氷に覆われていたし、彼が用意して来た、登山靴の釘がよく効いたので、夏山を登るような気軽さで、高度をかせいでいた。こうなると持参して来た鶴嘴はむしろ邪魔になった。彼は何度かその鶴嘴を置いて登ろうかと思ったほどだったが、頂上近くになって氷がどのようになっているか分らないから、亘いのを我慢して背負い上げた。そしてやはり、彼が想像したように、八合目あたりの、つるつるの氷壁にかかって、彼が発明した登山靴の釘さえも用をなさないようなところに来たとき、彼は鶴嘴を使って氷を砕いて登路を作った。このことを野中到は「富士案内」の中で次のように書いている。

今回携帯《けいたい》したるものは、工夫《こうふ》用《よう》の鶴嘴《つるはし》、毛布《もうふ》製《せい》の靴と、通常の革靴《かはぐつ》の底に各々十本づゝの釘を打ちたるものなり、前回は通常の釘の如きものを靴底に打込みたりしが、堅氷《けんぴょう》に至りては、円錐形《えんすいがた》に尖《とが》りたるものにては、矢張《やはり》滑りて、用を為す能《あた》はざりしを以て、今回作らしめたる釘は、其形《そのかたち》、漏斗の肩を両方より削《けづ》り卸《おろ》して、中央に歯を立てたるものに異ならず。(中略)又踵《かかと》にも一本は、歯を縦に、二本は横に打込みたれば、恰《あたか》も二分鑿《のみ》を打並べたるが如くなるを以て、氷上を行くに殆んど滑るの憂なかりし。(中略)予は前回に懲《こ》りて、今回は俗に鶴嘴と称する工夫用の器具を携帯せしが、足元確かなりし為、強《あなが》ち此器《このき》を用ひるに及ばず。且つその目方頗《すこぶ》る重きが故に、終始携帯せんこと随分難渋なり。然れどもこの鶴嘴も、七合目辺より上は、常に之を打込み、悸慄《きりつ》しつゝ歩を進めたり。この時、身俄《にはか》に雲中の人となれり。四方朦朧《もうろう》として、方向を失《しっ》せしが、力《つと》めて、路の易きを択び、唯《ただ》上へと猛進《まうしん》せしに、零時五十五分、俄《が》然《ぜん》頂上に出でたり。零度以下十八度を示せり。

到の記録によると、五合目に着いたのが午前九時三十五分であった。千代子が日暮里《にっぽり》の道灌山の頂から富士山を見ていた九時頃には到は四合目あたりを歩いていたことになる。

千代子は寒さを覚えた。きのうの夜は、冬としてはめずらしく雨が降って暖かだったが、今朝になって寒くなった。風がないからいいものの、もし風があったら、とてもこの丘の上に立ってはおられないと思った。

千代子は未練を残して、道灌山をおりて、小石川原町の自宅へ向った。すばらしい天気に恵まれて、到はきっと快調の登山をつづけているに違いないと思った。彼女の心の中の軽さが彼女の足を速めた。

姑のとみ子は、富士山がよく見えました、きっと、到様は順調な登山をしているだろうという千代子の報告を聞き終ると、

「山は登ることよりも降りることの方がむずかしいからねえ」

と、千代子の楽観をいましめた。そう云われてみると、そのとおりであった。到が無事登り得たとしても、下山の際、誤って滑ったら、すべては水泡に帰することになる。たとえ、案内人が無いといっても、途中まででもいいから連れて行けばよかったのにと、千代子はなにもかもひとりでやろうとする到の気の強さを恨んだ。

とみ子が云った下山のことを考えると千代子はまた心配になった。仕事が手につかなかった。彼女は、午後になって、もう一度道灌山へ行って来たいととみ子の前で云った。

「いいでしょう……」

と云うと、とみ子は膝元で遊んでいる琴子に眼をやった。琴子はとみ子の四十三歳のときに生れた子で、園子と生れた年も月も同じであった。とみ子が充分な乳が出ないので千代子は義妹の琴子に乳を与えていた。とみ子がいいでしょうと云って、ことばを濁らせて琴子の方を見たのは、乳を与えてくれという催促に思われた。そのころの離乳期は一般的に遅かった。園子も琴子も二歳になっているのにまだ乳を欲しがっていた。母乳をなるべく遅くまでやることが子供が健康に育つことだと考えていた時代だった。千代子は琴子に先に乳を与え、後で園子に与えた。千代子は、その順序を常に変えてはいなかった。

園子をとみ子にあずけて道灌山に来て見たが、富士山は見えなかった。いつの間にか、雲が出ていた。東京はこんなにいい天気なのに、なぜ富士山だけが曇るのだろうかと、千代子は不満な気持を抱いて、家に帰ると、すぐ風呂の支度を始めた。到が今朝富士山に登って、今日のうちに自宅に帰るということはとても想像できないことだったが、もしかすると、という気がしないでもなかった。到は家を出るときに、いつごろ帰るとも云ってはいなかった。ただ行って来るよとひとこと云い残しただけであった。

「千代子、風呂を沸かすのかね」

とみ子が云った。野中家は隔日に風呂を沸かしていた。昨夜《ゆうべ》風呂に入ったのに、また今夜もと云ってしまって、すぐとみ子は、千代子がなんのために、風呂を沸かそうとしているかに気がついた。

「到も無事帰ってくれたらいいがねえ」

と云った。千代子はそれに合わせるように、今日は天気がいいからと云った。天気以外に云うことはなかった。そのことを繰返して云いながら、風呂を沸かすことをとみ子が認めてくれたのだなと思った。千代子は襷《たすき》を掛け、着物の裾《すそ》をはしょって、風呂の準備に掛った。

三年前に千代子が野中家に嫁して来て間もなく、到は富士山頂に私費で観測所を建てると云い出した。父の勝良はそれに対して消極的な態度を示していたが、勝良の友人で、東京天文台長の寺尾博士が、まず到の持論に賛成し、更に中央気象台の技師和田雄治がこれを積極的に支持したことによって、勝良の気持もまた変った。勝良は、私設観測所の設立費を捻出《ねんしゆつ》するための諸費節約の手始めとして、女中と書生を廃した。初め反対していた勝良が、到の持論に賛成したのは、その仕事が、わが国にとって大事な仕事であり、しかも、非常に困難な仕事だけに、もし成功した場合は、日本国民に与える影響はもとより、世界諸国に対して日本の名を挙げることになる点を寺尾博士と和田雄治技師に指摘されたからであった。

「世界において富士山より高いところにある高層観測所は南米のエル・ミスチー山とフランスのモンブラン山の二山だけである。しかもいずれも夏期しか観測をしていない。もし富士山で冬期の気象観測に成功したら、それこそ世界記録を作ることであり、国威を発揚することである」

和田雄治のこの一言は野中勝良を動かした。到が明治二十二年に、大学予備門を中退して、富士山観測所設立を唱え出したころ、勘当《かんどう》でもしそうな態度をとっていた勝良が、数年とはたたないうちに、完全に到の計画の一翼を担うようになったのは、勝良もまたわが国が一日も早く列強に伍することを願っている明治政府の役人であり、明治的な愛国者であったからである。勝良は明治二十五年から二十六年にかけて行われた、福島中佐による「シベリヤ単騎横断」や明治二十六年の郡司大尉を隊長とする「千島探検」などに対して、熱狂的な声援を送った一人でもあった。

その夜は静かな晩であった。食事の折、到の冬期富士登山が話題になった。勝良は、夏でも日帰り登山はむずかしいのに、厳冬期にそれを期待することは無理だろうと云ったが、到の弟の清は

「兄さんは、もともと不可能を可能にしようとしてやっているのですから、日帰り登山をやってのけるかもしれません。おそらくそのつもりで登ったのではないでしょうか」

と明るい顔で云った。

「だが、もし、頂上で日が暮れてしまったら到はどうするのでしょうね」

とみ子が云うと
「そのときは、そのときでなんとかなるさ。今夜はきっと静かですよ」

と清は外を窺うようにしながら云うのであった。

千代子は黙って聞いていた。清の発言はいかにも大学生らしい考え方だと思った。清の顔を見ていると到はほんとうに帰って来るような気がした。

千代子は彼女の部屋に帰って縫い物をしながら到の帰りを待った。彼女の傍で園子が眠っていた。なんの屈託《くったく》もない顔だった。千代子が覗《のぞ》きこんだとき、夢でも見たのかにっこり笑ったりするのを見ていると、もし、到に万が一のことがあれば、この子は、などと考えて気が滅入るのである。

「あの人は子供のときから足が丈夫だったもの……」

千代子はひとりごとを云った。悪い方に考えず、どうせなら、清のようにいい方へいい方へと考えるべきだと思ったとき、ふと子供のころを思い出したのである。

千代子は到の従妹であった。

千代子の母糸子は到の父勝良の姉で、福岡県那珂郡警固《けご》村の梅津只圓《しえん》に嫁したのである。梅津家は代々黒田藩に喜多流の能楽謡曲の師範として仕えていた。邸内に能舞台も設けていた。地名は那珂郡警固村となっているが、警固村は城のすぐ東にある、士族の住居住区であった。到の生家がある福岡県早良《さわら》郡鳥飼村もまた城のすぐ西にある士族の住宅区で、直線距離にして両家は二キロメートルとは離れていなかった。到の祖父野中閑哉は黒田家に仕えていた二百石取りの武士であった。閑哉は槍術の達人であり、和算にも秀でていた。

千代子と到は、家が近いから子供のころから往き来して兄妹のように親しかった。父の勝良が明治政府の官吏として地方を歩いていたので、到は祖父閑哉のもとに預けられていた。母と別れている淋しさもあって、到はしばしば千代子の家を訪れた。伯母糸子が到をわが子のように可愛がった。

到が十二歳で千代子が八歳のときの正月、千代子は母糸子につれられて野中家を訪問した。到と千代子は双六《すごろく》遊びに飽きて庭に出た。そのときお城の太鼓が鳴った。正午の時刻を報ずる太鼓であった。

「お城へ行こう」

と到が千代子を誘った。正月の街はひっそりとしていて、千代子の下駄の音がよく響いた。お城の石垣に立って南を見ると山が見えた。

「あの山の名を知っているか」

到が云った。千代子は知らないと答えると

「油山というのだ」

と、到は千代子に教えて

「ここではよく見えないが、あの油山の向うに背振山《せふりやま》という高い山があるのだ」

とつけ加えた。

「到さん、登ったことがあるの」

「ないさ、だがお祖父《じい》さんと内野《うちの》に行ったとき見たことがある」

「見ただけ？」

千代子はつぶらな眼を開《あ》けて云った。到をからかったわけではない、なんとはなしに、そのことばが出たのだった。

「見ただけだ、しかし登ろうと思えば今からだって登って来ることができる」

「でも、冬の日は短いから……」

千代子は、このごろ母がよく使うことばを使ってみた。

「日が暮れたって、登ろうと思えば登れるさ」

到は怒ったような顔で云った。

背後で男の子供たちが声を揃えて二人に向って、はやし立てた。卑猥《ひわい》なことばを交えてのからかいに到は拳《こぶし》を握りしめた。到と千代子は城跡を降りた。そこにも一団の悪童たちがいて、到と千代子に揶揄《やゆ》の言葉を投げつけた。来るときは誰にも会わなかったのに帰りにそうなることは予期しないことだった。到は千代子に先に家へ帰れと云うと、そのまま悪童たちのいる方へ向って歩いて行った。悪童たちが散った。

到が帰宅しないことに気がついたのは、それから間もなくだった。千代子は、見たとおりのことを母と祖父の閑哉に話した。夜になっても到は帰らなかった。人を出して聞いて廻ると、到はひとりで南の方へ歩いて行ったということだった。

到は翌日十時ごろ帰宅した。懐に入れて来た石を千代子の前に出して

「背振山の頂上の石だぞ」

と云った。到は背振山に向って四里（約十六キロ）ほど歩いたところで日が暮れた。彼は背振山の登り口にある椎原《しいばら》の寺に泊めて貰って、翌朝未明に起きて背振山に登って来たのであった。

祖父の閑哉は、到の無鉄砲なやり方を、思慮のない行いで、匹夫《ひっぷ》の勇《ゆう》だと叱った。千代子は自分が叱られているように涙ぐみ、はては声を上げて泣いたが、到は祖父がいかに怒鳴ろうとどこ吹く風と云った顔をしていた。

千代子はそのときのことを思い出しながら、あのとき到は背振山に登ったという事実を千代子にだけ見せたいがために、あのようなことをしたのだと思った。今度、冬の富士山に登ったのは、その事実を他人に顕示するためではなく、いよいよ、今年の冬から冬期観測を始めるための下検分のための行動であった。それにしても、そうと決めたら、

まっしぐらに山に立向って行く姿は、子供のころと同じだと思った。

千代子は、ときどき風呂の火を見に立った。到が帰って来たら、すぐ入れるようにして置きたいと思っていた。夜更けると、足音は絶え、深山の中のように静かだった。

千代子は、耳を澄まして、夜の音を聞きながら縫い物を続けていた。このまま夜が明けても止めるつもりはなかった。

「そうだわ、私が八つのときも、背振山へ行ったあの人のことが心配で眠られなかった」

もう寝なさいと母の糸子に何度か云われたことを千代子は思い出していた。

千代子が到の足音を聞いたのは、野中家の人たちが寝静まってからであった。千代子は近づいて来る足音を到のものに間違いないと思った。彼女は、玄関をそっと開けて、庭に出た。身ぶるいするほどの寒さだった。到が、出て行ったときと同じように、背負袋を背負って近づいて来るのを見ると、今度こそ涙を押えることができそうもなかった。だが、千代子の前に立止って、なあんだ起きていたのかといった、長身の到の姿を見上げると、千代子は改まったように、お帰りなさいませと丁寧に挨拶して、彼が背負っている荷物をおろそうと手をかけるのであった。

「どうでした」

玄関で千代子が訊いた。

その言葉を聞いて千代子は、やはりたいへんだったなと思った。

「まああだね」

「予《よ》が此行《このかう》は専《もつぱ》ら積雪の量を観測するにあるを以て、強《しひ》て滞在するの必要を見ず、且つ天候次第に悪《あ》しきを以て、午後一時十五分下山に決し、戦々兢々《せんせんきようきよう》として元来《もとき》し道を下る。前回（一月四日）は足元確かならざりしため、匍匐《ほふく》しつゝ、退歩《たいほ》せしが、今回も前回に劣らざる堅氷なるも、靴裏の釘、確かなりしため、所によりては、殆《ほと》んど夏期の下山に異ならず、意外に容易なりしは無上の幸《さいはひ》なりし、登山の時の如く、凝結《ぎようけつ》の模様により、便宜成《なれ》ば毛靴（毛布にて作りたる靴）を用ひつつ急行す。勿論途中屢々《しばしば》滑りしことあるも、前回の如く甚《はなはだ》しからず。二合二勺辺より、身は再び雲中の人となりて、渓流に沿《そひ》て下り、幸ひに太郎坊を失はざることを得たり、午後三時三十分太郎坊に帰着す。この時八度五を示す。午後四時三十分滝河原《たきがはら》與平治方《よへいぢ》に着す。九度八を示せり。是より先、頂上にて、下山に決するや、午後五時二十分御殿場発車前に、同所に至らんと欲《ほつ》し、及ぶ限り急行し、太郎坊より御殿場までは殆《ほと》んど駆足《かけあし》しつゝ、急ぎしに、幸ひ五時十四分同所に達することを得たり。須臾《しゆゆ》にして発車、帰途に就きたり。」

野中到は、現在、よほどのベテランでも、好条件に恵まれないかぎり、なし得られないような驚異的な時間記録に裏づけされた、冬期富士山頂初登山をなしとげたのである。時に明治二十八年（一八九五年）二月十六日であった。

2

野中到の厳冬期富士登山は、古来何人《なんぴと》もなし得なかったことであり、そのようなことは不可能事と考えられていたことであった。このことは登山史の一頁を飾るという意味ばかりではなく、日本人が、更に一つの大きな障害を越え得たという点で記念すべき日であったが、この事実を報道した新聞はなかった。

野中到が富士山頂に向って東京を出発した日は、清《しん》国の北洋艦隊提督丁汝昌《ていじよしよう》が、日本海軍に降伏を申し出て来た翌々日であった。新聞は連日戦勝を伝えることに一生懸命で、国内の記事を掲げる余裕はないようであった。日本が清国という大国と戦って勝ったということは国民を有頂天にさせていた。まだ戦争終結とまでは行ってはいなかったが、大勢が決ったことは国民の眼に明らかであった。

野中到もまたその戦勝を喜ぶ国民の一人であった。彼は厳冬期の富士山に日帰り登山という驚くべき記録を残して東京に帰ると、彼が為し遂げた輝かしい記録の整理をする前に、まず新聞をむさぼるように読んだ。新聞ばかり読んでいないで、富士山に登ったときのことを話してくれと、千代子が云っても、知らんふりをしていた。
野中到は富士山から帰った日の翌日は、さすがに疲れたらしくどこにも出なかった。そしてその翌日、彼は新聞に載っていた丁汝昌の記事を一読すると、千代子に向って
「立派な死に方だ」
と云ってその新聞を彼女に渡した。

北洋艦隊提督丁汝昌自殺す

新納海軍少佐より、左の事を報告すべき旨《むね》申し来る。

(十七日の大本営発表)

昨日、司令長官（聯合艦隊司令長官伊東祐亨）は、敵の軍使に向ひ請求通り允《ゆる》すに由《よ》り、本日午前軍港を解放すべし、而《しか》して本日午前十時迄に再び来り報ぜよと命ぜしに、今朝其の時刻前に来り報じて曰く、昨夜丁汝昌（北洋海軍提督）劉歩蟾《りゆうほせん》（定遠管駕）張文宣《ちようぶんせん》（劉公島統領）は自殺したり、後事は都《すべ》て英人マックリューアに委嘱《ゐしよく》したりと、依《よつ》て司令長官は、右マックリューアに只今《ただいま》書簡を発し懸合《かけあひ》中なりと。（二月十八日東京日日）

千代子は一読して

「戦争はこれで終るのね」

と云った。それは千代子だけの主観ではなく当時の世論をひょいと口に出したようなものであった。

「なに、戦争が終る？　いや戦争は終った日からまた始まるものだ」

到はそう云うと、立上って外出の支度を始めた。

「どちらへいらっしゃるのですか」

「中央気象台の和田先生に会って来る」

そして到は
「あの新聞は大事にとって置いてくれ」

と云って出て行った。士族の娘として生れ、士族の家に嫁して来た千代子にとってみれば、司令官が戦いに敗れた責任を負って自殺することは当然のことのように考えられ、それほど感激的なことには思われなかった。夫がわざわざ、その新聞をとって置けと云ったことは、そういうことが、それまでなかっただけになにか気にかかることであった。

千代子が到を門まで送って引きかえそうとするとき郵便配達夫が来て一通の手紙を彼女に渡した。福岡の彼女の父から舅の野中勝良あての手紙であった。千代子はなつかしい父の筆跡を眺めながら、父の顔と母の顔を思い浮べた。東京に嫁いで来て以来一度も会ってはいなかった。背にいる園子が、その手紙を欲しがるから、お婆さまに、お手紙ですよと云って渡すのよと、云い聞かせて持たせてやった。

とみ子は手紙を受取ると
「福岡の家が売れたのかもしれないわね」

と云った。

「福岡の家が？」

千代子は聞きかえした。福岡の家を売りに出していることは初耳だった。福岡の家を売らねばならないほど困っているのでもないのに、それを売るというのは、その金を基にして、富士山頂に観測所を建てるためではないかと思った。到の富士山頂に観測所を建てたいという念願について千代子は、そのすべてを理解しているつもりであったが、その基金がどこから出るのかは知ってはいなかった。知らされていなかったことが千代子にとっては、なにか自分だけが他所者《よそもの》扱いにされているようでくやしかった。夫婦である以上、なんでも打ち明けて話して貰いたかった。そのような千代子の気持が、不満という形ではなく、さりげなく装った、さびしさとも翳《かげ》りともつかない形で顔に出るのを姑のとみ子は眼ざとく見てとって云った。

「どうせ、あんな家は古い家だし、福岡に帰るつもりもないのだから、お父さまは売るつもりになったのですよ、あの家が富士山頂に移転するのだと考えれば、なんのくやむこともないでしょう」

それはそうです、でもなぜ、そういうことを私には話してくださらなかったのでしょうと云いたいけれど、姑の前でそんな出過ぎたことは云えないから千代子は
「到さまはいよいよ、今年の夏、観測所を建てて、それに籠《こも》るおつもりなのでしょうか」

「そうでしょうね。到はいい出したら聞かない子だから、それにね、千代子さん、到はこの日のために大学予備門を辞《や》めたのですから」

そのことは千代子はもう何度か聞いたことであった。到が大学予備門を辞めたのは、千代子と結婚する前である。つまり、姑のとみ子は、到の大志は千代子がこの家に嫁いで来る以前からあったものであるということを強調したいがために、それをしばしば口にするのである。

(あなたが、嫁に来る以前に決っていたことだから口出しをするのではない)

と姑が意地悪を云っているのでないことは百も承知してはいるが、千代子には、彼女が来る以前に建てられた到の志に、いつまで経っても、彼女が事実上参画できないでいることが淋しかった。

「大学予備門を辞めてからは、まるで、富士山に憑《つ》かれたように、一年に、二度も三度も登るのですよ。二度も三度も……」

とみ子は、富士山には一度登るもので二度登るものではないというのに、到は、一夏

に二度も三度も登ったのですよ、とそのことを強調して云った。

「そんなに何回も登った経験があったからこそ、今度の冬富士登山もできたのですわね。でもお姑《かあ》さま、登ることと、頂上に留って、観測することとは全然違うことのように思われますわ。それに冬となるとほんとうにたいへんなことだと思います」

「だからこそ今度その山を見に行ったのでしょう、到は」

とみ子は千代子を見詰めた。千代子はとみ子の視線を受止めたまま動かずにいた。

いつもの千代子と違うなと、とみ子は思った。まともに、姑の顔を見かえすようなことはなく、いつもうつむき加減にしている千代子が、胸を張って、真直ぐに視線を向けて来ると、千代子の眼の中には、なにやら、覇気のようなものさえ見えてくるのである。

「千代子さん、あなたは、なにを考えているのですか」

「私は到さまと一緒に、富士山頂の観測所に籠って、お手伝いをしたいと思っています。妻が夫を助けることは当り前のことではないでしょうか」

千代子はなんの臆《おく》することもなしに云った。日頃云いたい云いたいと思っていたことが、一度に云えてしまって、ほっとした顔だった。

「到に話しましたか」

「いいえ、まずお姑《かあ》さまにお伺いしてからと思っていましたから」

「そうですね……」

とみ子は、部屋の隅で仲よく遊んでいる園子と琴子のほうに眼をやった。仲よく遊んでいるように見えても、園子は人形をもてあそび、琴子の方は布の切れはしを畳んだり延ばしたりしていた。

「男の到でさえも、容易なことでは登ることができない富士山へあなたが登ることはむずかしいことでしょう。ましてや、まだ誰も冬を越したことのない富士山で過すことなど女の身にはとてもできることではないでしょうね」

とみ子は静かな口調で云った。

「足手まといになるでしょうか」

千代子はそう云われることを予期していた。その次には、女は家を守るものだ、もし到に万一のことがあれば、園子は誰が育て上げるのだと、もっとも普遍《ふへん》的な、いましめを姑は云うに違いないと思っていた。

「そうですね、平たく云えばそういうことになるでしょうが、私の云いたいのは、まだそのような時期にはなってはいないということですわ。いま到は観測所を建てることに一生懸命でしょう、観測所を建てても、中央気象台が、観測所として、認めなければ、そこで観測した結果が公《おおやけ》には役立たないことになるでしょう。観測所だって一夏で建てられるかどうかわからないし、さて到がそこに冬籠りする段になったとして、いったいなにから先に持ちこんだらいいのかもまだ決めてはいないでしょう。そういうことがすべて解決してからのことよ、あなたのいうことが問題になるのは……そうでしょう千代子さん」

とみ子は千代子を諭《さと》すように云った。

(いいえ、そうではありません。観測所に籠って観測する人が、一人か二人かによって、初めっから全然計画が違ってくるものです。それにお姑《かあ》さま、女は男に及ばないもの、女だから足手まといになるものだと初めっから、決めてかかるのはおかしいではありませんか)

と千代子は云いたかったが我慢していた。云いたいことはこらえていたけれど、眼はとみ子には負けてはいなかった。千代子はとみ子の眼を飽くまでも見詰めていた。なぜ、そのような激しい反発感情が出たのか、千代子自身にはわからなかった。千代子は自分の顔が紅潮してくるのを感じた。

園子が泣き声を上げた。いままで仲よく遊んでいた二人の幼児が、人形の奪い合いを始めたのである。

千代子は、それをしおに、園子を連れて、姑の部屋を出た。

軽々と園子を抱き上げて、お邪魔しましたと部屋を出て行く、千代子のうしろ姿に眼をやりながらとみ子は、嫁の千代子の若々しさを羨《うらや》ましいと思った。若いから、あのような考えも出るし、あのようなことも云えるのだ。私の若いころはと、とみ子は、野中家に嫁いで来たころのことを思い浮べながら、今の嫁は、姑になんでも云えるだけでも恵まれている、これも文明開化の影響というものだろうか、などと考えていた。

（それにしても、千代子のあの眼は……）

千代子は鼻筋の通った顔かたちをしていた。二重瞼《まぶた》の双眸《そうぼう》は理知的な輝きを持っていたし、きりっとしまった口元のあたりには、なにか激しいものを常にたくわえていた。その千代子がなにかの折に、ふと、冷たいほどの美しさをたたえた眼で、とみ子を見詰めることがあった。そういうときは、きっと、なにかしらの嫁としての主張があるのだが、いま、お邪魔しましたと出て行ったときの千代子の眼は、いままでのそれとは違っていた。千代子の眼ははっきりと、不満を標榜《ひょうぼう》していた。反抗を示していたようにさえ思えるのである。

（千代子は、富士山頂に行くつもりでいるのではなかろうか）

とみ子は、空おそろしいようなものを感じた。

その夜、到は、たいへん御機嫌であった。

彼は、父勝良に、その日の、和田雄治技師との対談の結果を、例のとおり、まるで、生徒が先生に話すような言葉で述べた。

「和田先生は、もし野中観測所が富士山頂に設立されたならば、気象観測装置のすべてを中央気象台から貸与《たいよ》するばかりでなく、正式に、気象観測を嘱託《しょくたく》するという公文書を発行するように取り計らってくださると約束されました」

到は興奮をかくすことができないようだった。

「つまり、今回のお前の厳冬期登山の報告によって、中央気象台は、なんらかの確信を得たというわけか」

勝良は、決して喜びを顔に出す男ではなかったが、やはり、到が持ち帰った報告が気に入ったらしく、声にうるおいがあった。

「とにかくよかったな、目出たいことだ。それにしても、野中観測所という名称まで、和田技師が考えてくれたということは名誉なことだ」

勝良はそう云って、飲み乾した杯《さかずき》を到にすすめた。

「ぼくは酒は飲まないことにしています」

到にそう云われると、勝良は、そうだったなと、あっさり杯をひっこめて、それを、清の方へ持っていった。

到が酒を飲むまいと決心したのは大学予備門を辞めた時であった。富士山頂に観測所を建てるという望みを抱いたとき彼は、それまで親しんでいた酒と煙草を止《や》めた。神や仏に願掛けをする気持で禁酒、禁煙をしたのではなかった。人間の極限状態における仕事を酒とか煙草とかいう嗜好品によって煩わされたくないと考えたからであった。

「今日は二ついいことがあったぞ」

勝良は妻のとみ子に云った。

「あの福岡のぼろ家が、あんないい値で売れるとは思ってもいなかった」

そして今度は、千代子の方を見て
「梅津さんのお陰だな」

と云った。そこで、勝良は黙りこんだ。いい値で売れてよかったと云っている心の中では、先祖代々の家屋敷を売り払ったという淋しさが勝良の中に流れていることをみんな知っていた。

「夏までにはすっかり準備を整えて置かないとな、山の夏は短い」

勝良は立上った。


到は多忙の日を過すようになった。一日中机に向って図面を描《か》いているときがあるかと思うと、思いついたように、富士山麓の御殿場に出掛けて行って、二、三日帰らないことがあった。

「御殿場の滝河原というところは寒いところだ」

到は帰ってくると、そんなことを云った。寒いことは今年の二月で充分わかっているでしょうと千代子がいうと、山に登るときの寒さと、佐藤與平治の家に泊っているときの寒さとは、全然別なものだと云った。

到は御殿場滝河原の佐藤與平治の家を根拠地にして、富士山頂に観測所を建てる計画をすすめていた。佐藤與平治は農業のかたわら旅館というにはあまりにも鄙《ひな》び過ぎた民宿を経営していた。そのあたりには、宿はそこしかなかった。與平治夫婦は老齢であり、末娘のつるが家業を手伝っていた。

到は何度か御殿場へ出掛けて、富士山頂の浅間《せんげん》神社や、石室《いしむろ》などを作った大工や石工に会って、頂上における工事が並みたいていなものではないことを知らされた。大工や石工が登っても、多くは高山病にかかり、頭痛と吐気に悩まされて、ほとんど仕事が手につかないものだと、その実情をことこまかに聞かされると、到はいよいよ、この仕事が困難であることを知った。

「だいたい、人を集めることが無理ずら」

與平治が云うように、富士山の仕事と云えば苦しいことを麓の人なら誰でも知っていた。だからと云って、地元の人を無視して遠くから人をつれていくことはできない相談であった。

「そうは云っても、いざとなればなんとかなるものだ」

與平治は、大工石工のことは、私にまかせてください。それよりも、どんな小屋を何処《どこ》に建てるのかを決めて、浅間神社にわたりをつけることのほうが先だろうと云った。

富士山頂は浅間神社の境内であったから、そこに観測所を建てるには、まず浅間神社の許可を得なければならなかった。

到は中央気象台の和田技師に相談してみようと思った。当時、夏期に限って、中央気象台の臨時富士山頂観測所が、頂上の石室小屋の一部を利用して開設されていた。おそらく、この観測所設置に対して、和田雄治が浅間神社との間に交渉を持ったことがあるだろうと思ったからである。

和田雄治は到の話を聞くと、到と共に浅間神社の宮司に会いに行ってくれることを約束した。和田は浅間神社の宮司に野中到の観測計画の内容を知らせて、その観測所の敷地についてお願いに上りたいという趣旨の手紙を送った。ことの難易をまず書面で打診したのであった。神社からは、とにかく会って話を聞きたいという返事が来た。

「宮司が会ってくれるというからにはまず大丈夫だろう」

到は、和田雄治にそのことを知らされた日、真先に千代子に告げた。嬉しかったのである。

「それで、何時《いつ》、大宮の浅間神社へ行かれるのですか」

「一週間後だ、それまでに、ちゃんとした設計図を用意して置かねばならない」

到は、野中観測所の設計図を、それまでに十数枚描いた。描くたびに図面のスケールは縮小されていった。理想と現実の相違であることが千代子にもわかるけれど、彼女は、そうしているうちに、その計画が零《ゼロ》にまで縮小されるのではないかと危ぶんだ。

到は夜遅くまで図面に向っていた。十二時過ぎても寝ないでいることがあった。千代子は縫い物などしながら起きていた。その夜到は一時を過ぎたころやっと仕事を終って
「さあ、寝ようかな」

と云った。千代子はそういう到に迎えこむような眼を向けたけれど、なぜか到は窓のほうに視線をそらせていた。

(昨夜も、こうだった、一昨夜も……)

千代子は、到の眼が逃げる理由を知りたかった。到は本来、無口であった。好きだの嫌いだのということを千代子に云ったことはなかった。きみは美しい、ほんとに綺麗だよなどということのできる男でもなかった。なにかぼさっとして大きく、寄りつき難い巌石《いわお》のような男であった。その到も、床につこうとするとき、ふと千代子に投げかける眼ざしの中に、千代子を焼きつくすほどの熱度を持った炎を燃え上らせることがあった。千代子は、そういう到を男らしい夫として愛していた。そして、到は、その炎の眼ざしを千代子に送った夜は、必ずそれに応えるだけのことをした。

「このごろどうかなされたのですか」

床に入ってから千代子は到に訊《き》いた。なぜ自分をさけるのかその理由を今夜こそ訊かねばならないのだと思った。

「浅間さまに行って来るまでは、精進《しようじん》に勤めなければならないのだ」

到は千代子に背を向けて云った。

「まあ——」

千代子は、なにか笑い出したいような気持になったが、強《し》いてそれを押えていると腹が立ってきた。浅間神社に行くことと夫婦の営《いとな》みとがなんの関係があろうかと思った。

「誰かに、なにか云われたのですか」

「いや、そうではない、自分で、そういう気持になっているだけのことだ」

まあこの人は、と千代子は到の、ばかばかしいほど本気な心に打たれた。富士山頂に観測所を建てるために、到はまず酒と煙草を断った。その到のことだから、目的を達成するためには夫婦の交りまで断とうと云いだすかもしれない。千代子は闇の中でいつまでも眼を見開いていた。到の心をすっかり摑んでしまった秀麗な富士山が憎らしかった。

和田雄治と共に東京を発《た》って大宮の浅間神社本宮に赴いた到は、その足で静岡県庁にまで廻って帰京した。

「浅間神社の宮司さんは偉い方でした。富士山頂の最高地点の剣ヶ峰に観測所を建てて、そこで気象を観測することが国のためになることであるならば、神社は、喜んで土地をお貸しいたしますと云ってくれました。静岡県庁には、挨拶だけで帰ってまいりました」

到は、例によって首尾をまず、家長の勝良に正式報告した。

「もう、なにも心配することはありません。あとはただ、この夏の間に如何《いか》にして、観測所を富士山頂に建てるかということです」

到は幾分言葉をやわらげて云った。

「暖かくなったら、滝河原に行って、大工仕事にかかり、下でやれることはなにもかも、下でやってしまって、頂上では、ただ組み立て作業だけすればいいようにして置くことだ」

勝良は常識的なことを云った。それは勝良ならずとも、誰もが考えることであった。下で、すべてを済ませて置いたとしても、さてその柱なり、はめ板なりを担ぎ上げることがたいへんなことなのだ。

「そうするつもりです。滝河原の佐藤與平治の家をかりて、大工仕事を始めるとともに、頂上では石工を雇って地ならしをやらなければなりません。夏になると登ったり、降りたりたいへんなことになるでしょう」

到は、登ったり降りたりというときに、顔を上下に振った。

「そんなにおいそがしいようでしたら、私も、滝河原までお手伝いに参ります。なにかのお役に立つでしょう」

千代子が口を出した。お手伝いに行きたいが、いいでしょうかという申出ではなくて、私もお手伝いに参りますと云い切ったあたりに、千代子の決心が見えていた。

「そうだな、なにかと人が出入りしてたいへんだろう、金銭の出入の仕事もあるだろう」

勝良が千代子の方を見て云った。その眼にすがるように、千代子は
「ぜひそうさせて下さいませ。私は到さまの足手まといになんかなりません、来てくれてよかったと云われるように働きますから、ね」

勝良は千代子の叔父であり舅《しゅうと》であった。だから、普通の嫁舅の関係とは違っていた。叔父さまとは云わないけれど、ね、と甘えたような千代子の云い方の中には、頼りかかる気持があったし、勝良も、姉の糸子にそっくりな千代子に折入った頼みかたをされると、自分の息子の到や清などに対する気持とは違った、なんとなく鷹揚《おうよう》な身ぶりで、聞いてやりたくなるのである。

「千代子を連れていってやれ、到」

勝良が云った。

「でも、園子はどうするのですか」

とみ子は、姑を無視して、勝良と直接談判をした千代子に一応は姑の存在を示すかのような言葉を云った。園子は連れて行くに決っているのに、わざとそう云ったのである。意地悪を云っているのではない、幼い子供のことも考えてやらなければと、云いわけす

るつもりで、とみ子はテーブルに顎《あご》を乗せるようにして、箸《はし》をもてあそんでいる園子の方を見た。

「園子は私が背負って働きます。いえ園子はもう、ほうり出して置いても大丈夫です」

千代子はそう云って直ぐ、姑は、園子にかこつけて、琴子の乳はどうするつもりかと、訊いているのだと思った。

千代子は、姑のとみ子の傍で、椀《わん》をいじくっている琴子に眼をやった。満二歳になっているのだから、もう離乳してもいいのだが、積極的にそうしようとはせず、千代子の乳に頼り切っている姑のとみ子の困惑よりも、突然、乳を失った琴子を思うと可哀そうな気がした。

「……でも、私は御殿場の滝河原へ行かせていただきます、お姑《かあ》さま」

千代子はとみ子の前に手をついて云った。

3

千代子は夫の到が、ほとんど信じられないような興奮状態にあるのを見て、男と女の違いをはっきり見せつけられたような気がした。到は五月十三日に遼東半島還附の大詔が渙発《かんぱつ》されたのを新聞で見て以来、富士山頂野中観測所設立の仕事は忘却したかに見えた。それまでは、観測所の設計に取りつかれていて、庭にその観測所の一部の模型まで作るほどの気の入れ方だったし、暖房装置については、自ら設計したものを、鍛冶屋《かじや》に作らせて、部屋の中に持ちこむほどの執念を示したのにもかかわらず、五月十三日の新聞を見て以来は、なにか仕事が手につかず、ポケットに手を突込んでせわしく庭を歩いて見たり、行先も云わずに、ふと家を出て行ったりした。その到の精神的動揺と同じものが舅の勝良にも見受けられた。夕食の際、到と勝良が顔を合わせると、必ずこの話が出て、二人は、露、独、仏三国の干渉を口をきわめて罵《ののし》り、その三国干渉をはねかえすことができなかった日本政府の弱腰を嘆くのであるが、結局は、日本の国力が三国を相手にしてはいかようにもなし得ない現状にあることを認め合うと、お互いに黙ってしまうのである。
清は兄と父の話には直接加わらずにいて、議論がいよいよ終末に近づいて来ると
「いまさら、怒ったってどうにもなりませんよ、問題は今後です。今後如何なる形で三国の干渉をはね返すかということでしょう。武力だけではない、総合的国力を如何に上げるかということでしょうね」
清の考え方にはむしろ、若々しい柔軟性が感じられた。清にそう云われると、到も
「そうだ、あらゆる点で外国に負けないようになることが、現在、われわれに課せられた任務だ」
と納得するのだが、三国干渉に対しての憤りは容易におさまりそうもなかった。
新聞は連日、この問題を取り上げていた。
〈連戦三百四十二日、一毫《いちがう》の敗なくして而も得たる所何々ぞ〉(東朝)
〈咄《とつ》！　三国の干渉来る。幾万千の生霊を賭して贏《か》ち得たる平和いつか又再び攪乱《かくらん》さるるに至らむ〉(東京日日)
千代子はいつも一番最後に新聞を読んだ。新聞が遼東半島還附についての問題を取り上げている限り、到は仕事が手につかないだろうと思った。そして、到の三国干渉に対

する怒りが、外国に負けたくないという気持になり、到が口癖のように云っていること――富士山で冬期気象観測に成功することは、冬期気象観測の世界最高記録を樹立することであり、科学の未知の世界に光を当てることである――ということに、到は間もなく、以前にも増した激しい情熱を傾けるだろうと思った。

六月になって設計図ができ上った。

木造平屋建て、南北三間《げん》、東西二間《けん》、高さ一間《けん》半の家であった。部屋は北から、器械室、薪炭室、居室の三部屋になっていた。各部屋とも、二坪の面積であった。三つの部屋は厚さ四寸の壁で区切られていた。いわゆる土壁ではなく、二枚の板の間に、乾燥した砂（頂上附近の砂）を入れて保温効果を上げるように設計されていた。

三つの部屋のうち北側の部屋には、気象観測器械を置き、百葉箱《ひやくようそう》の中の温度計の示度を室内から読み取ることができるような仕掛けになっていた。百葉箱というのは温度計を収容する箱であり、通気が自由に行われるように鎧戸《よろいど》式の隙間を多く設けたものであった。

中の部屋は薪炭置場兼物置にする計画であった。面積が二坪で高さ九尺の空間に薪炭を積みこめば、一冬の燃料にはこと欠かない計算であった。南側の部屋は居室であった。到はこの居室の東側に二段ベッドを設け、同じ部屋の西側中央にストーブを取りつけて居間としようと考えていた。

到はその最終的設計図を持って御殿場へ出発する前日の夜、設計図について千代子に説明した。仕事の内容を妻に語ったことのない到がそういうことをしたことは異例なことであった。

千代子は設計図の見方を知らなかったが、到が、ここが器械室、ここが薪炭室、ここが居室でそれぞれが二坪ずつあるというふうに説明すると、二坪の大きさを、たたみ四畳に置きかえて考えながら
「ずいぶんせまいのねえ」

と云った。

「できるかぎり小さくて、しかも頑丈に建てたいのだ」

到がその理由を説明しようとすると
「あら、お便所はどこにあるの」

と千代子は非常に驚いたような顔で訊いた。

「便所を作る余地はない。用はおまるで足すつもりだ。富士山頂で、下界のような生活環境を求めようとしても無理なことだ」

そう云われても、千代子には便所がない家などとても考えられなかった。千代子は夫がそんな家に一冬籠ったら、いったいどうなるだろうかと思った。

「入口はどこなの、そして窓は」

千代子は、なにかおそろしいことでも訊くかのように、肩をすぼめて云った。

「入口は東に作るべきだが、岩盤が邪魔になってできないから、薪炭部屋の西側に、幅二尺、高さ五尺ほどの入口を作るつもりだ。西側は風が強いからよくないのだが、しょうがない。そして窓は、居室の西側に一つ、器械室の西側に一つ、一尺に二尺の大きさの窓を二つ作るだけで、ほかには明り取りはなんにもない。そして、この入口と、二つの窓と、温度計を収容してある百葉箱のところだけを残して、他はすべて熔岩で包みくるんでしまうのだ。その熔岩の厚さは四尺、だから、外から見るとこうなるのだ」

到は、完成外観図と書いた絵図を千代子に見せた。それは、家ではなかった。四角に積み上げた石垣に、二つの銃眼をはめこんだように見えた。

「中は暗いでしょうね」

想像するだけで寒さが身にしみるようだった。

「穴蔵の中にいるような感じだろうな。だがこうしないと、強風に耐えることができないのだ。石を積み上げるのはひとつには寒さを防ぐためでもある。石垣の壁で家の周囲を包みかくした上に、家の屋根裏や、板壁の間には保温材として杉皮を三重に入れて置くし、床板も三重にして、この間に保温材として藁《わら》と籾殻《もみがら》を入れるつもりだ。しかも、床板の上には、二重、三重に渋紙を張り、その上に絨毯《じゅうたん》、毛布、毛皮と敷き重ねることにすれば、下からの寒さはなんとか防げる」

そのように説明を聞いていると、かなりな寒さにも耐えられそうにも思われるけれど、やはり千代子は不安だった。彼女は建築のことはなんにも知らないけれど、到のその設計図が頭の中で考えた設計図であって、いざ、荒々しい自然の中に置かれると、思いもよらぬ欠陥をさらけ出すのではないかと不安であった。

「建築の専門家にも訊いたのだ」

到はそう云った。だが、千代子は、その専門家だって、到よりも、富士山のことを知らないのだから当てにはできないと思うのである。千代子の頭の中には、写真や絵で見た、外国の煉瓦《れんが》作りのがっちりした建物が浮んでいた。なにかそのような、予想外にしっかりした家でもあるならば、富士山頂という特殊な環境に勝てるかもしれないが、従来の日本式家屋に小細工を加えたような形式のものでは、と考えるのだが、そんなことを到には云えなかった。

「たいへんなことですね、観測所を作るということは」

と、到がそれまでに要した労苦になぐさめの言葉を掛けながら、建物に不備があった場合、それを補うものはいったいなんであろうかと考えていた。

「たいへんだったさ。今まで、夏になると何回となく富士山の剣ヶ峰に登って、地形を見て、考えに考えた末、できたのがこの一枚の設計図だ」

到は、千代子と結婚する以前から、この設計図を描くために、富士山に登り、構想を練っていたのだ。

「丈夫で、暖かい観測所ができればいいけれど……」

到は、千代子の言葉にかくされた不安に対して、とがめるような視線を向けると、すぐ設計図を畳んで
「当分は東京には帰れないだろう」

と云った。

「当分て何時《いつ》ごろまでのこと」

「八月の初めごろ……」

すると千代子は、いかにもおかしそうに笑い出した。同じ屋根の下に姑がいることだから、声をひそめての笑いではあったが、袂《たもと》に口を当てての笑い方がいつもとは違うので到は妙な顔をして千代子を眺め、そしてもうとっくに眠ってしまった園子に眼をやった。

「だって、おかしなことを、おっしゃいますもの。私は、あなたのあとを追って、御殿場へ行くつもりですわ。そのことはもう、お舅《とう》さまもお姑《かあ》さまもあなたも御承知のことでしょう」

「それはそうだが」

到は云った。それはそういうことになってはいるのだが、いざとなった場合、妻の千

代子が園子をつれて御殿場までやって来ることは、かえって足手まといになりはしないかと考えられるし、だいいち、仕事場へ女房子供をつれていくこと自体が照れ臭かった。他人になんとか云われそうな気もするのである。父の勝良が千代子に御殿場へ行って到の仕事を手伝えと云ったのは、気持だけのことであって、ほんとうにそうした方がいいと思っているかどうかはもう一度訊いて見ないとわからないし、母のとみ子はどういう形にしろ、千代子が御殿場へ行くのには反対だろうと思った。そうなった場合、さし当って困るのは、琴子の乳を誰に求めるかということであった。

「それはそうだが、どうしたとおっしゃるのですか」

千代子にそのように開き直られると、到はいまさら、駄目だとも云えないし、もう一度両親に相談して見ろとも云えなかった。到も内心では、千代子が御殿場の與平治のところへ来てくれたほうがよいと思っていた。これから與平治の家の離れを借りて、そこを野中観測所建設事務所にして、建築材料の用意や、越冬準備品の購入、梱包《こんぽう》、荷揚げが始まると、人の出入りは多くなる。お茶いっぱい出すのに、いちいち與平治の家の者をわずらわすこともできないし、到が山頂へ行っている間の留守もちゃんとした者が務めなければならなかった。

「私は、十日ほど経ってから、御殿場に行きたいと思っております。ほんとうは、一緒に行きたいのですけれど、それではかえって、ごたごたしてあなたのお仕事に迷惑がかかってはいけませんから」

千代子は、東京を発つ日を十日後と指定した。自分のことだとしても、一応は、到の気持を訊いてから決めるべきであり、なにごとにも、そのような順序を踏んでいた千代子が今度に限って、十日後と一方的に決めたことに到は、いままでにない千代子をそこに見たような気がした。

「どうしても来るのか」

「どうしても行きます。どこまでもあなたの後に従《つ》いて行きますわ」

千代子は二重瞼《まぶた》の大きな眼を見開いて到を見詰めていた。瞬きをしない千代子の眼の中には彼女の決意があった。どうしてもついて行くと云い切って自ら興奮したのか、千代子の丸い頬のあたりが紅潮していた。

「しようがない女だ」

到は、そう云ったとき千代子を許していた。そして彼は千代子のそのことばの中に、まさか頂上までついて行くつもりで云っているのではない、そんなことはあり得ないのだと打ち消しながらも、いま到の前に立っている千代子の眼の中にいままでの千代子の中に見たことのない、形容しがたいほど激しいなにかがかくされているのを見て取ると不安でならなかった。

千代子は到が東京を発ったその日から、御殿場へ行く準備を始めた。荷物の整理をしたり、御殿場へ行ってから必要と思われるものを用意したりした。御殿場へ行くことはもう前から決ったことであるという前提のもとに、公然とした準備行動であった。

「お姑《かあ》さま、御殿場というところは、山の中だから、よほど東京よりは寒いでしょうね、冬着も用意したほうがよいでしょうね」

などと、千代子の方からとみ子に相談を掛けることがあった。とみ子は、夫の勝良が、千代子に御殿場へ行って到の手伝いをしろと云ったことは云ったが、その場になれば千代子の方で、御殿場行きを遠慮するだろうと思っていた。嫁というものは、姑があっての嫁であり、たとえ箸一本を買うにしても、姑の意向を訊《ただ》してからでなければできないものである。ましてや、姑の意にそむいて行動などできる筈がないと考えていた。その嫁が、とみ子と相談せずに御殿場行きの準備を始めたことにとみ子は少なからず驚き、内心では怒り、そして、そういうとみ子の意思表示がいろいろの形で現われても、いっこう意に介さないで、どんどんと準備をすすめていく千代子のやり方にあきれてしまったようであった。

「あの女《ひと》にあんなわがままなところがあったとは思いませんでした」

とみ子は勝良に云った。

「わがままではないだろう、御殿場行きはもう既定の事実だ。そう決っていたのではないか」

「だから、あなたは嫁に甘いっていうのですよ。いえ、嫁ではなく、千代子はあなたの姪《めい》だから、あなたはあの女《ひと》に甘くしてしまうのです。あなたが、御殿場行きを承知したとしても、私はまだ承知したとは云っておりません。だいいち、千代子に行かれたら、琴子はどうなるのです」

とみ子にそう云われると勝良はむっとしたような顔をして

「千代子は到の嫁だ、琴子の乳母ではない。琴子には牛乳を飲ませたらいい」

「牛の乳ですって。人の子にけだものの乳を飲ませるのですか。そんなばかなことができるものですか、そんなことをして琴子が牛のようによだれをたらす子になったらどうします」

「牛の乳を飲ませると牛に似るなどというのは迷信だ。西洋ではずっと昔から、牛乳で子供を育てている。日本だってこのごろは乳児に牛乳を与えることは常識化して来ているではないか」

勝良は、とみ子の反対の理由が琴子の乳にあるかぎりは、牛乳を持ち出して納得させようと思った。最後には医者に、そのようにしなさいとすすめさせる手もあった。だが、とみ子は、牛乳の問題にはそれ以上触れずに

「それに、千代子を御殿場にやることについて、私は別な心配があるのです。千代子は、到と一緒に富士山に登るつもりでいるのではないかと思うんです。千代子は気が強い女

ですから」

「まさか……なにか、そんな様子が見えるのか」

「いえ、ことさらに、そういう様子は見えませんが、なにかの折に、到一人を冬の富士山頂にやることは心苦しい、自分も行って手伝いたいなどと、ふと洩らすことがありますので……」

勝良は心の奥を衝かれたような気がした。勝良自身も、千代子がそういうことを云い出しはしないかと思っていたのである。勝良の姉の糸子は気が強い女だった。子供のころ、近所に住んでいた黒田藩の元重役の子が糸子に青梅の実を投げつけたことがあった。糸子はその梅の実を拾うと、その子の顔に投げ返したのである。そのころは旧藩時代の身分の上下がまだものをいう時代だった。重役の子は、重役の子としてたてまつられ、旧藩士たちは、その子供たちに元重役だった人の子には気を使うように云い聞かせていた。だが糸子は、重役の子の理不尽を許さずに、梅の実を投げ返したのである。その糸子と、千代子はあまりにもよく似ていた。勝良は姉の糸子の若いころを見るような眼で千代子を見ていた。千代子が糸子の血をそっくり受け継いでいるとすれば、千代子が、到と共に富士山頂に向うことは当然考えられることであった。

「到はどう云っておるのだ」

「千代子のことについてですか」

「千代子が富士山に登るということについてだ」

「千代子がなんと云ったって、足手まといになるような者を連れて行ける筈がないではありませんか、遊びごとではないし――」

遊びごとではないと云ってぷつりと語尾を切ったあたりに、はっきりと、とみ子の怒りが浮んでいた。

「で、どうするつもりなんだ」

「私は、明日千代子にはっきり云うつもりです。おやめなさい、女には女の道があります。御殿場に行かずとも、あなたには、あなたのすべき仕事がありますってね」

とみ子は勢いこんで云った。

「さあ、御殿場行きについて反対するのはどうかな。到にとっては、千代子が必要だと思うんだ、工事が始まり、荷揚げが始まると、基地の事務所の用は多くなる。そのために人を頼むだけの経費の余裕はない」

勝良は静かに云った。おそらくとみ子も、いざとなったら千代子が御殿場へ行くことに反対はしないだろうと思った。それよりも、千代子が到と一緒に富士山に登るということになれば一大事だと思った。千代子がいかに気が強くとも想像を絶するような苛烈な自然に勝てるわけがないだろうと思った。

夫の勝良の前では強いことを云っていても、とみ子は、いざとなると、千代子に面と向って、御殿場へ行くなとは云えなかった。云うきっかけが見つからなかった。

千代子がいよいよ御殿場に荷物を送り出すという前日、とみ子は琴子の泣き声がするので、庭に面した廊下伝いに千代子の部屋へ行って見た。

「また喧嘩なの？」

とみ子は、琴子に云った。そのときは琴子はもう泣き止んで、部屋の隅で園子と遊んでいた。

「あら、お姑《かあ》さま」

とみ子が突然現われたので、千代子はびっくりしたようだった。行李の中に半ば着物が入り、半ばの着物は外に出ていた。千代子は花模様の小紋縮緬《こもんちりめん》の着物を膝の上に置いて、それを行李に詰めようかどうしようかと考えているようであった。その着物は、とみ子が千代子が嫁に来て間もなく買ってやったものであった。

「それを御殿場に持って行くの」

御殿場のような田舎に、そんな上等な着物を持っていく必要があろうか、とみ子はふとそう感じたのである。

「はい、持って行こうかどうしようかと考えていましたが、やはり持って行くことに決めました」

「でも着ることはないでしょう」

「着なくてもいいのです。この着物はお姑《かあ》さまにいただいた着物ですし、私の一番好きな着物ですから、傍に置いて、時々眺めるだけでもいいんです。ずいぶん辺鄙《へんぴ》なところだそうですから、時には、夜、ひとりで、この着物を眺めて、お姑《かあ》さまのことを思い、東京を思うことがあるだろうと思います」

千代子はそういうと、その着物を行李の上に置いて、改まって居ずまいをただすと、とみ子の前に両手をついて

「ほんとうに、わがままばかり申しましてすみません。琴子さんのことを思うと、胸がつぶれるような気がいたしますが、このたびは、到さまの大事な仕事のさなかでもありますので、どうぞこの千代子を御殿場にやってくださいまし」

そう云われると、とみ子はその言葉に返しようがなかった。着物をなぜ持って行くかについての答えようにしても、琴子のことにしても、御殿場にやってくださいましという改まり方にしても、まるでずっと前から、この日のこの機会を狙っていたように、ぴったりと場にあてはまってしまっているから、とみ子の方でも

「いいですよ、琴子のことは、昔と違っていまは牛乳というものがありますから、琴子のことなぞ心配することはありません。それよりも、園子に風邪を引かせないように着るものだけは、充分に持って行かないとねえ」

とみ子は、そう云ってしまって、こんな筈ではないと思った。千代子の御殿場行きを

引きとめるつもりでいて、それを承知してしまった自分が、なんとも滑稽な存在に思われてならなかった。

「さあ、さあ、園子こっちへいらっしゃい、いまお母ちゃまは、おいそがしいのだから邪魔をしてはいけません。おばあちゃまのお部屋へいらっしゃいね、琴子もいらっしゃい、なにかいいものを上げますから」

とみ子は二人の幼児の手を両手に持って廊下を歩いて行きながら

(あの女《ひと》は気が強いだけではなしに、ほんとうに利口ものなんだわ)

そう心の中で云ってから、あの小紋縮緬の着物を御殿場に持っていく理由について、なにか解《げ》せないものを感じた。

(あの女《ひと》は、この私にお世辞を云ったり、ことさら御機嫌を取ったりするような女《ひと》ではない。それなのになぜあのようなことを云ったのだろうか)

そしてとみ子は、はたと立止った。

「もしかするとあの女《ひと》は……」

御殿場へ行って、一時は落着いたあとで、園子を背負い、あの着物を持って、九州の里へ帰るつもりではなかろうか。東京へ嫁に来てから一度も里に帰ったことがない千代子が里に帰るとすれば、婚家から貰った着物を持って行って里の母に見せるのは常識であり、それは、婚家の母に対する最大な謝意の表現であった。そして、千代子は、園子を実家に預けて御殿場へ引き返して、到のあとを追って富士山へ登るのではないか。

「おばあちゃんどうしたの」

まだよく廻らない舌で園子が云った。

「なんでもないのよ」

とみ子は、そう云いながら、もしそうなら、なんでもないどころか、たいへんなことなのだと思っていた。

千代子は着物を全部行李の中に収めてその上に到あてに送られて来たばかりの日本気象学会の機関誌『気象集誌』を置いてしばらく考えていてから、手に取り直して頁を繰った。そこに到の声明文が載っていた。

富士山頂気象観測所設立について

夫《そ》れ高層気象観測は専ら学術上の研究に属す、以《もっ》て上層の異変を測るべく、以て平地の関係を考ふべし。蓋《けだ》し高きに鑒《かんが》みて、低きに資《はか》ることあるは、因《もと》より重要の事たり。是れ夙《つと》に泰西《たいせい》諸国に於て、高山観測所の設けある所以《ゆゑん》なり。(中略)予、富士山頂気象観測所の設けなきを憂ひ、斯学《しがく》の為に遺《ゐ》憾《かん》となすこと茲《ここ》に年あり、窃《ひそ》かに惟《おもん》みるに、高層観測は頗《すこぶ》る至難の業に属す。是《ここ》を以て其効果を収むること前途遼遠《れうゑん》たるを免れざることとなり。予不肖《ふせう》なりと雖《いへ》ども将《まさ》に今年を期し、先《ま》づ一小家屋を山頂に構へ、二三の観測器を携へて、烈風堅氷の裡に越年を試み、以て聊か志士仁人の奮起を促《うなが》さんとす。予は此《ここ》に志を立つること已《すで》に久し、而して其之《そのこれ》を図《はか》るや固《もと》より焦眉《せうび》の感触《しよくかん》に出でたるにあらず。然れども、此挙《このきよ》や只《ただ》頂上氷雪の裡《うち》に越年し、彼の高層観測は必しも欧米人《おうべいじん》の専有《せんいう》にあらざることを天下に示すに止まるのみにして、未だ以て観象台と称するに足るものを建設すること能《あた》はざるは予の甚だ遺憾とする所《ところ》なり。冀《こひねが》ふ所は有志諸彦《しよげん》の力を以て、他日広大なる観測台を築造し、精巧《せいかう》なる器械を装置し、此より電線を架して、以て上下の通信を敏活《びんかつ》ならしめ、有力なる技術者を得て、以て気象の報告を精確《せいかく》ならしめ、竟《つひ》に完全なる気象台とすることを得ば、今日山上の一小家屋と其越年とは、実は九牛《ぎう》の一毛、萬倉《ばんさう》の一粒《いちりふ》に過ぎずして、児戯《じぎ》たるの嗤笑《しせう》を免れざるべしと雖《いへ》ども、庶幾《こひねが》はくば他日斯学に於ける万一の裨補《ひほ》たらんことを、これ不肖至、国治の為に切望する所なり。

4

野中到が富士山頂に野中観測所を設立するに際して基地の建設事務所となった佐藤與平治の家は、野中千代子の日記によると、駿河国駿東郡玉穂《たまほ》村中畑《なかはた》滝河原にあったと書かれている。現在の御殿場市滝ヶ原のことを当時は滝河原と書いていたらしい。與平治の家は富士山に向って登山路の左側にあり、千代子の日記によると、此処より先には人家は全くなく、外に出ると富士の高嶺は額より爪先まで一目で見渡されると書かれている。この附近が陸軍の演習地になり、滝ヶ原部落の上に兵舎が立並んだのはずっと後のことであった。

滝河原は標高六六〇メートルあり、この部落附近にはごく僅かな畑地があるだけで、この当時から広々とした野原であり、中畑あたりから御殿場にかけて拡がる水田地帯に必要な堆肥《たいひ》用の採草地であった。採草地というよりも、富士の巻狩以来の富士の裾野の一部だと考えるべきであろう。

佐藤與平治とけさの夫婦は既に六十を越していた。家督《かとく》を息子に譲って、末娘のつると三人で旅籠《はたご》を経営していた。登山期には登山者や富士講の行者が泊ることがあったが、それもせいぜい二カ月の間で、時期が過ぎると、泊り客はなく、猟師や樵夫《きこり》や薬草取りなどが落合ったり、休憩するためのたまり場所となっていた。この地方の人たちは佐藤茶屋とか與平治の茶屋と呼んでいた。

千代子は滝河原は狐狸の類がでるほど辺鄙《へんぴ》なところだろうと想像していたから、必要品はなるべく多く持っていくことにした。東京の新橋から御殿場までは鉄道があったが、女、子供だけの旅は不安なものだったに違いないし、千代子はそのとき既に富士山頂へ登ろうと心に決めて、それを胸に秘めていたから、舅の勝良や姑のとみ子に行って参りますと云って家を出るときの気持がもっともつらかったに違いない。千代子の日記にはこの出立についてつぎのように述べてある。

母御前《ははごぜん》は妾《わたし》に向ひ宣《のたま》ふやう、頂《いただ》きの屋作《をくづく》り、麓の荷運びなど、一《ひと》ときにつどふべければ、御身《おみ》はこの子をつれて、佐藤の家に行き、せめては事を助けてよと、細々《こまごま》と示したまひければ、おのれつくづく思ふやう、下界は医者の助け、人々の救ひも侍《はべ》る。しばし別るゝとも、思ひおく事多からず。頂上は、人もなく、使《つか》ひもあらじ、おのれ良人《をっと》に添《そ》ひ参《まゐ》らせずば、もしや、いゝいゝ、いたつきにでもかゝらせたまはんとき、饑《うゑ》に迫り給ひなん。御国の為と聞くならば、よしや御両親《ふたおや》に背《そむ》くとも、兎《と》にも角《かく》にも登山せばや。十年久《とをとせ》しき御志《おんこころざし》、是非《ぜひ》に遂《と》げさせ参らせでは叶《かな》ふまじ。心にはあらねども、佐藤の家に参り、やがてこそ帰らめと、嘘言《そらごと》申し、かくて工作の事（富士山頂に野中観測所を設立する工事のこと）終りなば、すぐに園子を福岡なる母上に預け、良人の後を追はばやと企《くはだ》てぬ。されば、今日こそ登山の出立にて、御両親《ふたおや》にも正しき御別れよと思へば、心の内の悲しさは、もれてこぼれる涙、御方々《おかたがた》に覚《さと》られじと、園子の袖《そで》もておしかくし、さらばよさらば、平《たひらか》に居らせ給へと云ふひまもあらせず、車は挽《ひ》き出しぬ。

千代子は園子を抱いて、人力車に乗って小石川から新橋まで来ると、そこで家人たちと別れて汽車に乗った。汽車が走り出してから千代子は、富士山頂へ到の後を追って登るという彼女の秘密の計画が両親たちに気づかれていなかったかどうかをもう一度考え直してみた。今のところその気配はないようであったが、もしかすると、姑のとみ子が到のところに手紙を出して、千代子が、富士山頂へ登るつもりらしいから気をつけるようにと注意を与えるかもしれない。その時の心がまえは今から立てて置かねばならないと思っていた。

園子は窓外の景色に見入っていた。走る景色に心を奪われている園子のつぶらな瞳を見ていると、千代子は福岡の母に園子を預けて冬の富士山に登ろうとする自分が、決していい母ではないと考えるのである。

御殿場の駅には到のかわりに與平治が馬で迎えに来ていた。

野中先生の奥さまですか、與平治でございます、先生が仕事が忙しくてお迎えに来られませんので私が参りましたと、かぶっていた手拭を取って挨拶する與平治の顔を見ながら、千代子はこの老爺が、到が云ったように、まことに正直な素朴な人間であることに間違いないと思った。

「さあ、馬に乗ってくだせえまし」

と駅を出たところで與平治が云った。駅の前は旅館が軒を並べていた。もう間もなくやって来る富士登山の最盛期に備えての活気のようなものがあからさまに見えていた。

「馬に？」

千代子はびっくりしたような眼で馬を見た。馬の鞍には座蒲団が置いてあった。千代子は、園子を背負って、馬の鞍に横向きに腰かけて、ゆらりゆらりと揺られながら坂を登って行く自分の姿を想像した。が、実際は馬に乗ろうなどとは思わなかった。怖くはないが、なんとなく気が引けた。自分ひとりだけならまだしも、背に園子がいる。無理はしないことだと千代子は自分自身に云いきかせていた。

「馬には乗ったことがありませんから歩きます」

千代子は静かに云った。

「えっ歩く？　奥さま、それはたいへんだ。滝河原までは一里もある」

「たったの一里でしょう。私は歩いたほうが気が楽だわ」

與平治は、それ以上強いて馬に乗れとはすすめなかった。與平治は千代子の荷物を馬の背にくくりつけると、それでは御一緒に参りましょうと云った。汽車が通るようになってから御殿場は富士登山の基地として急速に発達した。団体登山客をあてこんでの旅館が立並び、それに附随するいろいろの店が軒を連ねた御殿場の町の中を歩いていくと、與平治に声を掛ける者が何人かいた。うるさい眼が千代子にまつわりついて離れなかった。

「夏になるとたいへんでしょうね」

千代子は町のはずれに来たとき云った。

「それはたいへんですよ、なにしろ日本中の人が汽車でやって来るもんでね」

與平治のまことに端的な表現が千代子を笑わせた。

「それに今年の夏は、戦争に勝った年だということもあって、いつもの倍も登るかも知れねえな」

與平治はそう云って富士山の方を見上げたが、山は雲の中にかくれていた。千代子の頭の中にかすかながら不安が走った。そんなに多くの登山客が富士山へおしかけて来ると、この山麓の人たちの気持がそっちに向いてしまって、到の仕事に協力する人手がなくなるようなことはないだろうか。千代子はそのことを與平治に訊いて見たかったが、来た早々、あまり立入ったことを云うのもおかしいので、富士山に向って真直ぐ続いているという、今彼女が歩いているその道のことからはじまって、富士山に関することをあれこれと訊いた。與平治は話が上手だった。

「四月から五月にかけて雪代《ゆきしろ》が出てお山の肌をきれいに磨き上げてからも、七合目から上はまだ真白だ。頂上まですっかり雪が消えるのは七月の初めですな」

と話してから、雪代は雪汁《ゆきじる》とも云って、雪が解けて一度にどっと流れ落ちて来る、まあ、底なだれのようなものだと説明した。

「雪がすっかり消えて、さて、お山開きが近くなると、石室小屋がいっせいに開く。石工や大工を入れて、一冬の間にこわれた場所を修理する。だから山麓の大工や石工はこの時期が稼ぎどきというわけだ」

するとやはりその影響が野中小屋にも現われるだろうと千代子は思った。

「山開きになると強力《ごうりき》衆は登山客の案内をしたり茶店の荷を揚げていい銭を稼ぐ。中には相手の弱味につけこんで一足《いっそく》三銭か五銭の草鞋《わらじ》を五十銭で売りつけるような悪い奴がでてくる。盛りのころは、てえへんですよ、お山は」

そのてえへんな時期に到は野中観測所を建てようというのだ。

滝河原に着くと、與平治は千代子を離れの隠居所に案内した。野中夫婦のためにそこをあけて置いてくれたのである。裏庭は大工たちのための仕事場になっていて、鋸《のこぎり》や鉋《かんな》を使う音がしていた。野中観測所の建築用材の切り組みの仕事は順調に進んでいるようであった。富士山へ出掛けている到はその夜はついに帰らなかった。

千代子は翌朝早く富士山を見た。近くで見るせいか、高さは感じられなかった。高さよりも、その大きさがひしひしと胸にせまった。裾野の広さにも彼女は眼を見張った。富士山の雪はもうすっかり消えていた。

富士山が見えたのは、早朝の三十分ぐらいの間だった。日が出ると山麓一帯に霧が立って、お山はその中に包まれた。

七月に入ってからの山の天気は不順であった。山開きが済んでも、寒い日や雨の日が続いて、登山客は予期していたほど来なかった。野中到は七月いっぱいを建築資材の荷揚げ、八月中には野中観測所の設立を終らせようと思っていた。九月に入って直ぐ雪が降ることは、珍しいことではなかった。雪が降らないにしても、九月になると頂上の石室小屋は閉じてしまうし、寒くて、とても外で仕事が出来る状態ではなかった。

七月の中旬を過ぎてから天気は恢復《かいふく》した。

「どうも思うように荷揚げの強力が集まらないで困る」

到が千代子に云った。到が仕事のことで千代子にこぼすのは、珍しいことだった。天気が恢復して、いざ建築資材の荷揚げとなると、強力たちは、身体が楽で金が稼げる仕事の方へ逃げようとした。天気がよくなると、與平治の云ったように、山は日本中から人が集まったような賑わいを示した。汽車の都合がいいので御殿場口は各登山口のうちでも人の集まりが多かった。案内人兼強力はいくらいても不足だった。

「しょうがねえ奴等だな」

與平治は野中到との約束を破って好餌《こうじ》に走った強力たちの名をいちいち挙げて、そういう雲助《くもすけ》みたような男は地元の恥だと云った。

與平治が西藤鶴吉と勝又熊吉の二人を連れて来たのはその翌日の朝であった。

與平治はその二人の青年をこの近くに住む百姓だと到に紹介した。お山の仕事も時々はやるが、強力と云われるのが嫌いな男たちだと云った。

到に紹介されると、二人はほんの僅かだけ顎《あご》を引いただけだった。二人とも大男で、背丈は野中到ほどはないが、肩幅の広い頑丈な身体つきをしていた。

鶴吉は眼が細く、熊吉は眼が大きかった。二人とも髯面《ひげづら》であった。

二人は怒ったような顔をして突立っていた。怒っているのではなく、知らない人の前に立たされたときには、相手が誰であろうと、そういう顔つきをするのであろうことは、二人の緊張した姿勢から窺い取ることができた。

「強力と云われるのが嫌いな人たちだという意味は……」

到は與平治に訊いた。

「登山口に突立っている銭だけが目あての夏場かぎりの雲助強力の真似はしないというのが、こいつらの気持です。ちゃんとしたところの紹介があって、その人なら案内してやろう、荷を担ぎ上げてやろうという気持にならない限り、この二人は動かない——まあ強力の中の変り種ってところだね」

そうずら、と與平治は二人に向って話しかけた。二人は返事もしないし、表情も動かさなかった。

「すると、鶴吉さんも、熊吉さんも、ぼくの仕事を手伝ってやろうという気持になったから来てくれたというわけですね」

到が云った。

「そうです。そういう仕事なら喜んでやろうと云って来てくれたのですよ」

與平治は二人の若者を連れて来たことを到の前で大いに自慢したい感情をおしかくして

「この二人なら、なんぼ使って下さっても平気ですし、この二人が動き出せば、こいつらの仲間の若い者たちもきっと黙ってはいねえと思います」

到は與平治のことばを頷《うなず》きながら聞いた。眼の前の霧が晴れてきたような気がした。

「お茶をどうぞ」

千代子が、盆の上に茶と菓子鉢を載せて持って来たが、二人の青年は、千代子の顔と、菓子鉢に盛った胡麻《ごま》ねじりを一瞥《いちべつ》しただけで手を出そうとはしなかった。

鶴吉と熊吉が建築資材の運搬に協力するようになってから、太郎坊に滞貨していた材料は頂上に向って順調に運び上げられて行った。鶴吉と熊吉の他に何人かの強力が進んでこの仕事に協力した。建築資材は、滝河原で、だいたい一人で持てる程度に荷造りされ、目方が測られて、その重量が墨で書きこまれ、二合目まで馬で運ばれ、そこから上は人の背によって運ばれた。頂上に荷物が運び上げられると、到は月日、品名、重量、強力の名を細かく記帳して置き、強力たちが、五日、十日と働いて休養のため下山するときは、彼等の荷揚げの詳細を書いた伝票の入った封筒を渡してやった。

滝河原の與平治茶屋にいる千代子は会計係であった。強力たちが持って来た伝票を調べて、そろばんをはじいて荷揚げ料金を支払った。物腰が丁寧なので、強力たちの評判がよかった。

「あの綺麗な奥さんに、御苦労様です、またお願いしますと云われると、もうこんな仕事はごめんだとは云えなくなるね」

と強力たちは囁《ささや》き合っていた。荷揚げが始まると同時に、冬籠り用の食糧と燃料の調達が始まった。到は食糧の方を千代子に任せていた。富士山頂での生活に適合した食物はなにがいいかについて到は自ら富士山頂の石室に寝泊りした経験や、石室の主人や頂上の浅間神社の神官などの意見も入れて、おおよその食品目とその量を千代子に示して、あとは彼女の宰領《さいりょう》に任せた。建築という大事があるから、食糧の方には手が廻りかねるのであった。

千代子は富士山頂で一冬食べる物がなにがいいかについて心をくだいた。それは夫だけではなく彼女自身が食べる物でもあった。

「お山にいると、からっきし食慾がなくなる。野菜や果物が欲しいが、そういうものは嵩《かさ》が張って持ち上げられない。まあ誰の口にも合うものは甘いものだな、ゆで小豆《あずき》などみんなに喜ばれるし、梅ぼしなんかもいいな。とにかく匂いの強いものはお山では駄目だなあ」

與平治は若いころ、頂上の石室で夏場の間手伝っていたころの話をした。副食物については夫々《それぞれ》の好き嫌いがあるが、なんといっても主食の米、味噌は必要量だけはきちんと用意して置かねばならなかった。

千代子は園子を與平治の末娘のつるに預けて、御殿場まで買い出しに出掛けることがあった。たいていの場合與平治が一緒について行った。

千代子の食糧の調達ぶりを見ていた與平治が時折首をひねることがあった。一人分の量にしては多すぎるからであった。利口な千代子が計算を間違える筈がなかった。

「奥さま、こんなことは爺《じじ》が云うべきことではないかもしれませんが、奥さまはなにか隠していなさるね」

御殿場の商店で副食物の調達が終ったあとの帰り道で、與平治は馬の鼻面を、肩でこらえるようにして踏み止まって云った。馬上の千代子はさして驚いたふうは見せなかった。いつかは與平治に嗅ぎつけられることを予期していたようであった。

「おじいさん……」

と千代子は云ったが、すぐあとを云わずにしばらく考えていたが、ぽんと、身軽に馬の鞍からとびおりると與平治の傍に来て、小さい気合いのこもった声で云った。

「私は主人のあとを追って富士山へ登るつもりです。主人を一人で山の中に置くようなことはできません。でもこのことは今主人に云って貰っては困ります。どうかこのことはおじいさんの胸の奥にだけしまって置いてくださいませ」

千代子は瞬《まばた》きもせずに云うと、馬の手綱を取って歩き出した。與平治が馬に乗れというと、千代子はきっとした顔で云った。

「富士山に登るには足をきたえて置かねばなりません。私はおじいさんになにもかも打ち明けたのですから、私の気ままにさせてくださいね」

與平治はかえすことばがなかった。こんなやさしい顔をしているのになんと気の強い女だろうと思った。

八月の中ごろまでには建築用材のいっさいは富士山頂剣ヶ峰直下まで運び上げられた。そのころ石工人夫たち十数名が頂上の石室小屋に寝泊りして、剣ヶ峰の野中観測所の基礎がための仕事をしていた。剣ヶ峰の頂上をけずり取って六坪の面積を作り出すことは容易ではなかった。東側の岩盤によりかかるような形に野中観測所を建てるとすれば、六坪の面積は、ちょっと岩をけずればできるように到は考えていたが、いざ基礎工事に取り掛かると、しょっぱなから難関にぶつかった。岩が意外に固くて思うようにけずれないこと、表面の岩石を掻き取ると、その下は永久凍土層になっていたことであった。永久凍土層は岩よりも固くて全く始末が悪いしろものであった。八月の半ばを過ぎると天気が悪くなり、雨と霧と風の日が続いた。石工は高山病と寒気に負けて、一人二人と脱落していった。道具を頂上に置いたまま、霧の中を逃げるように下山して行った者もあった。全員が頭痛を訴え、顔に浮腫《むくみ》が出て来ていた。富士山頂での重労働は身体をがたがたにしてしまったようであった。

「いくら国のためになる仕事だからと云っても、こんなつらい仕事がほかにあるものか」

一人の石工が云い出すと、それが他に波及した。野中到が和田雄治宛に書いた手紙の中に、このままでは同盟罷工《ひこう》も起りまじき状態にこれあり候と書いてあるところを見ると、一時はかなり緊迫したものがあったに違いない。到は契約金を上げて彼等を慰留した。

鶴吉と熊吉は荷揚げの仕事が終ると石工人夫の中に加わった。多少の風雨があっても、鶴吉と熊吉は蓑笠《みのかさ》をつけて現場に出掛けて行った。その後に到が続いた。三人がかりで一日中鶴嘴《つるはし》を振って、一坪の永久凍土層を一寸しか掘り下げることはできなかった。鶴吉と熊吉は無口の方だった。黙っているから他の石工人夫は熊吉と鶴吉に一目置いていた。八月二十日までにどうやら基礎工事が終ったのは、鶴吉と熊吉という二人の推進勢力があったからである。

二十一日に風雨を衝いて大工三人と石工二人が登って来た。野中観測所の建築にかかるためであった。この日の風雨はそれほど強いものではなかったが、夜半雨が上がって、西風が吹き出してからが大変だった。剣ヶ峰直下に置いてあった建築資材の一部が強風のために噴火口の中に吹き落とされた。夜半のためにどうしようもなかった。

翌日は霧だった。霧の中で、吹き落とされた資材の運び上げと、建て前の仕事が進められていった。その日のうちに桁廻《けたまわ》り、箝《は》め板《いた》の打ちつけが終った。風と濃霧が連日続いた。三人の大工も高山病にかかっていたが、責任上休むわけにはいかなかった。建物が出来上るのを待って、その周辺の石垣積みが石工たちの手によって進められていった。

二十六日は朝から風雨が強かったが、三人の大工は、屋根裏板の杉皮を葺《ふ》く仕事をした。仕事を終って、建物の中におりてきた三人の顔は紫色に変っていた。しばらくは声も出せずに、あえいでいた。

二十七日は快晴であった。屋根の杉皮の上におさえ縁《ぶち》をして、針金でしっかり留めてから、屋根に石を積み上げる仕事が始まった。石工たちは工事完成を眼の前にして心をはずませていた。互いに声をかけ合って石を運んだ。野中観測所は窓と入口だけを残して完全に石で囲まれた。いかなる風が来ても、その厚い石垣を吹き崩さないかぎり、野中観測所は安泰であった。

午後四時にいっさいの仕事を終った。野中到は入口に鍵をおろし、大工、石工、人夫たちと勢揃いして万歳を叫んだ。六尺豊かな到の髯だらけの顔は大工、石工、人夫たちの間でも異彩を放っていた。彼はその声で、あるときは叱咤《しった》し、あるときは懇願し、あるときは彼の上衣を脱いで寒さに震えている石工に貸し与えたことを想起しながら、完成した今となっては、もはや彼等との間にはなんのわだかまりも残っていないのだと思った。

到は最後まで残った十二名をつれて御殿場に向って山を下った。一刻も早く山をおりたいという彼等の気持に応《こた》えるためもあったが、到自身も滝河原で彼の帰りを待っている千代子と園子に会いたかった。

野中到が工事を終って下山した翌日、父勝良に宛てた手紙がある。当時の民情が推察できる。

前略、自ら個様《かやう》に申すは、嗚呼箇間敷《をこがましく》候へども、此度の事業には、私が上《のぼ》り下《くだ》りの劇《はげ》しき工事《こうじ》率先《そつせん》の様子を見て、富士一山は勿論此山附近の人々は先《ま》づ畏服《ゐふく》の有様にて、開祖角行《かくかう》（富士講の開祖）又は弥勒《みろく》行者（富士講中興の行者）なども跣足《はだし》なりなど申居《まうしをり》候。実以て恥しく、気の毒に存じ候へども、此山の人々が、朴訥《ぼくとつ》の美風、実に愛すべく、又嘉《よみ》すべき事に御座候。是等の考慮のためか、私が頂上滞在中の食料如何《いか》程勘定《ほどかんぢやう》を求めつるも、人々受取り申さず、実に困《こま》り入り候。工事中別段大した怪我人もなかりしは、先づ仕合《しあはせ》に御座候。今日廿八日は郡役所よりの命により、慰問の為めとて、村長（玉穂村村長）来訪あるべき由《よし》（静岡県庁より、なるべく便宜を与ふべしとの指令ありしに由る趣《おもむき》）にて、只今待受居《まちうけをり》候処に御座候。此度の工事に付ては、今更言ふも事新間《ことあらま》敷《じく》候へども、彼の与平治殊のほか尽力且つ、室々《むろむろ》の主人にも、大いに世話に相成り候。又中畑村重立《おもだち》たる人々、二十名計りより、大盥《おほたらひ》二個に餅を盛り、持参、祝ひ呉れ候には、高天《たかま》が原祝詞を唱へ、之《これ》を蒔《ま》き申候、扨《さて》又明日よりは、須山口《すやまぐち》一合目より、薪炭を為運《はこばせ》候手筈に御座候、又斯《か》く毎事相運《まいじあひはこび》候上《うへ》は、千代子は最早《もはや》是非滞在の要もなしと存候へば、その内に帰京せしむべく、永々同人引留め、不在中母上様に御家事万端御面倒を懸けし段、返へす返へすも奉恐察《きようさつたてまつり》候。

静岡県庁からの慰問が工事落成後に来たあたりは、現在と同じように、官庁機構の遅足ぶりを示すものではあるが、県、村、地元民が一様に野中到の壮挙に対して好意を持ち、敬意を払っていたことは、この文面によって充分理解できる。やはり清国に大勝して国民感情が高揚している時期に発表せられた野中観測所の構想は、その企画が単なる思いつきではなく、私財を投じての、純粋な科学的冒険であるだけに明治の人たちの心を大いに動かすものがあったのである。

九月一日付けの毎日新聞は野中至（到ではなく新聞は至を使用した。これは野中到が『気象集誌』に寄せた論文に野中至と載って以来のことである）を大きく取り上げた。〈野中至富士山嶺に測候所を建設、冬期も定住の確信を得て私費貢献〉という見出しがついている。内容は、大日本気象学会会員野中至氏は本年二月単独冬期富士登山に成功した経験によって、富士山頂の冬期滞在が不可能ではないという確信を得て、この夏私費を投じ野中観測所を設立した。九月一日、野中至氏は準備完了の旨を中央気象台の和田技師に知らせて来たので、和田技師は近日中に富士山へ向う予定であるという意味のことが載っていた。同じ新聞に、清国の捕虜八百人が日本に帰化を願い出たという記事があった。

5

千代子は夫の到が時折投げかけて来る、なにかもの云いたげな視線に会うと、この一家水入らずの生活に、間もなくおさらばをしなければならないのだと思うのである。到が、お前は園子をつれて東京へ帰りなさいと云う日がすぐ眼の先に見えていても、それをはっきり口に出さないでいるのは、彼女に対する思いやりであり、ひとことそれを口にした翌朝には、なにがあってもここを去らねばならないこともはっきりしているので、千代子は何時それを云われてもいい心構えをして置かねばならないと思っていた。

到は冬ごもりの準備にいそがしかった。その日も彼は木炭の買いつけに須山村へ出掛けていた。

正四貫目木炭　　五十俵
三尺〆《しめ》長さ二尺薪　　五十束《そく》
上質石炭　　二百斤《きん》

これが、この冬、富士山頂の野中観測所で使用する燃料のすべてであった。千代子は会計事務を任されていたから、須山村から運ばれてくる木炭や薪をいちいちあらためて、佐藤與平治の物置小屋に仮におさめてその俵数を記録し、全部の納入が終ったところで料金を支払うことになっていた。

「五十俵で大丈夫かしら」

彼女は木炭の俵を動かしながらときどきつぶやくことがあった。彼女は頭の中で五十俵の燃料を今年の十月から来年の五月までの八カ月間の滞在中に使用するとしたら、月に六俵、一日に五分の一俵と暗算して、さて、一日の使用量の五分の一俵の木炭の量がどれだけであるかを、実際、俵から出した木炭を前に置いて考えてみるのである。

「普通ならこれだけあれば充分だけれど」

夫が行くところ、つまりは彼女自身が行かねばならないところは富士山頂なのだ。どれだけ寒いか分らないところで、五日で木炭一俵という割合で大丈夫だろうか、その倍も三倍もかかるのではないだろうかと考えると不安でならなかった。千代子は竈《かまど》を預る主婦であった。炊爨《すいさん》にどのくらいの木炭が入用で暖房にどのくらい木炭が要るかはよく知っている。しかし、彼女が経験もしないような寒さに対しては、見当が全くつかず、ただ怖れるだけだった。

「おじいさん、五十俵の木炭でほんとうに大丈夫かしら」

千代子は、五十俵の木炭を頂上滞在予定日数で割ってみると、五日で一俵ということになるのだと與平治に告げた。

「おれも足りないじゃあないかと思っていますが、そう思うだけで、ではどれだけにすればよいかということがさっぱりわからないでね」

與平治も不安には感じていたが、さてそれではどれだけ不足かという根拠がなかった。

「ただねえ、奥さん、頂上はものすごく寒いから、部屋の中には何時《いつ》も、火の気がなけりゃあ、凍えてしまうということだけは間違いないことです。火を消したらおしまいですよ。だからね、いまになって考えて見ると、奥さんが野中先生と一緒にお山に籠《こも》るということは、火を守るためにも必要なことだと思っています」

火を消さないためには、交替で火を見張らねばならないと與平治は云っていた。

「でも、おじいさん、木炭を使い過ぎてしまったら」

「火の気がなくなったら山を降りるしか仕方がないから、寒さを防ぐために、なんとか考えねばいけませんね、例えば懐炉《かいろ》を身体《からだ》中に抱くとか……」

「身体中に？」

千代子は身体中に懐炉を抱いた姿を想像した。滑稽を通りこしたみじめな姿に思えてならなかった。

懐炉とは桐灰《きりばい》懐炉のことである。桐の炭を粉末にして細長い紙の筒に入れ、これに火をつけて、懐炉箱におさめて身体に抱く方式のものであった。

「ではそれも用意しなくては」

千代子は、二人分として懐炉は五つ六つは持っていかねばならないし、桐灰も石油箱一つくらいは持ち上げねばならないだろうと思った。

それにねえ、奥さん、と與平治はまだなにか千代子に云いたいようであったが、云い出してすぐやめて、そんなときいつもやる彼の癖だが、腰の手拭を取って顔をふくと、なんとなくていさい悪そうに頭をひとつさげて母屋《おもや》の方へ行こうとした。

「おじいさん、なにかほかに用意しなければならないことがあったら、教えて下さいな、ほんとうに、おじいさんしかたよりになる人はないのですから」

千代子は追いかけるようにして云った。

「こんなこと奥さんに云うのはほんとうに失礼だが、いざというときに困るのは奥さんだから」

與平治はそう云って富士山の方へ眼を向けた。いざというときに困ることとなると、それはきっと登山のときのことを與平治は云っているに違いないと千代子は思った。

「私が富士山に登るときの服装のことを今から考えて置きなさいと云うのでしょう」

「それもあります。だがそれだけではない、私は奥さんの足のことを云っているのです。これから、冬ごもりの木炭や薪や、食料などの荷揚げが始まってそれが終るころになると初雪が降る。野中先生より一足おくれて登るつもりの奥さんは、ひょっとすると、しょっぱなから雪と氷を踏まねばならないことになるかもしれません。そうなると、着るものや、足ごしらえもたいへんだが、なんといっても一番頼りにしなければならないものは奥さんの足です。いくら気ばかりあせっても足がいうことをきかないと、どうにもなりません。私はそのことを云っているのでございます」

千代子は、はっとした。到の後を追って富士山頂に籠ることだけを考えていて、自分の足がどの程度信用できるかを考えたことはなかった。

「どうしたらいいでしょうか」

「園子さんを連れて、福岡のお里へ帰っている間に近くの山へ登って足を馴らしておかれたらいかがなもんでしょうか。できたら毎日二里ぐらい歩いたほうがいいですねえ」

一日に二里歩くということは、さほどむずかしいことには思われなかったが、山と云ったらいったいどこの山がいいだろうかと考えて、すぐ千代子は、幼いころのお正月の或る日、到がひとりで背振山へ出掛けて行って、翌朝になって帰って来たことを思い出した。背振山で足馴らしをしたらきっと富士山で他人に迷惑を掛けるようなことはあるまい。千代子は、その背振山には雪が降るのだということを與平治に話してやろうと思ったが、背振山の雪から富士山の雪、そしてその雪の中を登る自分自身の姿を見詰めるような気持で

「私も、釘の出た靴を作らせなければならないでしょうか、そしてあの鶴嘴《つるはし》を担いで

……」

厳冬期登山をやった到の姿を思い浮べながら、訊いたのである。

「いえ、雪があると云っても奥さんが登るころの雪は、そんなに深い雪ではないから、釘の出た靴を履いたり、鶴嘴を担いで登るようなことはしなくてもいいでしょうが、靴の底に鉄のかんじきはつけないといけないでしょう。しかし奥さん、そのかんじきなら野中先生が幾組かこしらえておきましたから心配しないでいいですよ」

與平治はその鉄のかんじきについて、野中到と話したことがあった。

（先生がお山の頂上におられるとなると、必ず誰かが先生のお見舞いに寒中登山をやるに間違いありません。東京の気象台の先生たちも登って見ると云い出すかもしれません。そのときのためにも、五組や六組の鉄のかんじきは作っておかないといけません。もし間違いでも起きたら、先生自身が困った立場になりますから）

到は與平治の云うことを聞いた。

従来この地方には、猟師たちの使う鉄のかんじきがあった。野中到の手記によると

其《その》形靴にあらず、幅七分余、厚さ一分強、長さ三寸の鉄の十字形にして四方の端《はし》の裏に長さ四分の脚あり、而《しかう》して十字形の内《うち》、其一の両端に直径五分の鉄圏《てつけん》を附せり、之に紐を付け所謂《いはゆる》土踏《つちふ》まずと称する辺《あたり》に押《おし》あて、足の甲《かふ》に結付《ゆひつけ》るものなり、之は平地《へいち》

若《も》くは、余り堅からざる氷上には至《いた》つて適当なるも、峻阪堅氷《しゅんぱんけんぴょう》の上に試みしに尚改良を要す。

と書いてある。これは厳冬期の登頂用には不向きだから、到は與平治や猟師たちの意見も聞いた上でT型の鉄かんじきを作った。鉄の板金をT字型に組み合わせ、その端を折り曲げて三角形の鋭い歯にしたものであった。十字型では、十字の先がつかえて登りにくいから、T字型にして、T字の横一棒の両端に紐を通す穴をつけた。T字型かんじきは雪靴につけることができるような充分な大きさと堅牢さを持っていた。この他《ほか》に到は草鞋型の鉄かんじきを試作した。一センチ幅の鉄板を横に五枚並べ、これを二本の縦長の板金で固定したものである。縦横に並べた板金の両端は折り曲げて、三角の歯にした。重量感があった。

與平治はこれらの鉄のかんじきのうち一個を千代子が登山するとき使おうと思っていた。

「さっき、着物の話がでたから、ついでに申し上げますが、富士山というところはやたらに風が強いところで、特に冬になると、それはもう、口では云えねえような風が吹きます。普通の女衆《おんなしゅう》の着物で登るということはまず無理というものです」

與平治は普通の女衆の服装と、そこを上手に表現したが、千代子には與平治がなにを云おうとしているかよくわかっていた。

千代子は、到が頂上で野中観測所建設に忙殺されているころ、與平治の末娘のつると一緒に、御殿場口の三合目まで登ったことがあった。太郎坊で引き返す予定だったのがつい三合目まで登ってしまったのである。園子を背負っていなかったら、おそらく頂上まで登ってしまったかもしれない。そのとき千代子は下山して来る登山者の一行の中にまじっている女達が、吹き上げる風に着物の裾を煽《あお》られて、不様《ぶざま》な恰好をしているのを見ていた。夏だからそれでよかったが、冬だったら不様だけではすまされないことはわかりきっていた。

千代子は到がどれだけ服装に気を配っているかよく知っていた。彼は第一回、第二回の厳冬期登山の際、服装についてできるかぎりの試みをした結果、真綿《まわた》のズボン下と木綿のズボン下を重ねて穿《は》いた上にズボンを穿き、上衣の下には真綿のチョッキ、水夫用の毛糸編みのシャツ、肌着には、メリヤスシャツを用いた。それでも寒いときは更に水夫用の毛糸編みのシャツを重ねて着る用意をしていた。

(千代子、真綿のズボン下って温かいものだよ)

千代子は到がそう云ったことを思い出していた。彼女が登るときにも、女性用の真綿の下着をこしらえねばならないだろう。いったいどのように作るべきか、彼女はそれを考えると心がいら立つ。到はすべて用意がしてあるのに彼女はその用意がしてなかった。

そんなことを此処でしていて、もし到に見つけられたら、彼女の計画はすべて水泡に帰する。だから彼女はまだ登山に関するかぎり、なにひとつとして用意してはいなかった。

(福岡へはやく帰ってその準備をしなければならない)

須山へ行っていた到はその日の夕刻帰って来ると

「明日は浅間神社の本社へこの夏のお礼かたがた、冬籠りについての御挨拶に行って来る」

と云った。

「私は東京へ帰ろうかと思います。もう私の仕事もそうはありませんし、東京のお姑《かあ》さまにも、随分長い間御不自由をかけてしまいましたから」

千代子は嘘を云った。生れてこの方一度も嘘を云ったことがないし、嘘は罪悪だと教えられて来た自分が、夫の前で、意外にすらすらと嘘がつけたことが、千代子には不思議でならなかった。

「そうか、実は、そうして貰おうと思っていたところだ。長い間御苦労だったな」

おやと、千代子は眼を上げた。長い間御苦労だったなどという言葉を到が吐いたからだった。そんな他人行儀の挨拶はしたこともないし、して貰いたくもなかった。それを云う夫は何時《いつ》もの夫とは違うのだと千代子は思った。

「園子のことをたのんだよ、両親のこともな。おれのことは心配するな、来年の春になると髯《ひげ》だらけになってお山から降りて来る」

夕食の途中で到はぽつんとひとこと云った。その云い方もいつもと違っていた。園子を膝に抱いて食事をしたのも珍しいことだった。

食事が済んでも、千代子はなにかと忙しそうに立働いていた。台所の方をすませると、支出明細が書きつけてある帳面と預っている金を到に渡した。千代子はなにかほっとした。一つの仕事が終って、新しい別な大きな仕事に取り掛かる前の気持だった。園子は眠っていた。

「もう寝なければいけない、明日ははやいのだから」

到は千代子に眼をやった。その眼が輝いていた。千代子は久しぶりで見るその眼の輝きに、焼かれるような気持で蒲団を敷いた。

到は千代子を激しく求めた。浅間神社へ行く前日は、淫《みだ》らなことはしてはならないのだと、いつかの夜は背を向けて寝た到が、明日は浅間神社へ行くと決めていながら、彼女を求めて来るのは、おそらく彼の心の中に、この夜が二人の人生の最期となるかもしれないというつもりがあるからだと思った。到の思いは千代子にも通じた。でも今宵が最期ではない、私はあなたの後を追って行きますと、そこで打ち明けることができないのが千代子には苦しかった。なにか到の愛を受けていながら、心の中で裏切っている自分がやり切れないほどいやな女に思えて来るのである。千代子は涙をためた。到は千代子の涙を訣別の涙と見たようであった。到の輝く大きな眼は千代子を覆いつくしていた。千代子は、涙におぼれていた。千代子は、しばしば激情の沼で彼女を揺り動かし、時には春の湖の渚《なぎさ》に打ちよせる波のような静かな誘い方で彼女の身と心を遠いところに連れていこうとする彼の腕の中で、女の幸福をしみじみと味わっていた。

翌朝は霧が深かった。

千代子は園子を抱いて、到を見送った。到は十里木街道に足を踏みこんだところで一度だけふりかえった。ハギの花が露に濡れていた。到は二度とふりかえらずに霧の中に消えた。

千代子は急いで荷物をまとめた。母屋の與平治のところへ行くと、與平治とつるが馬の支度《したく》をして待っていた。

「まだ時間は充分ありますが……」

と與平治が云ったが、出発の準備ができた以上、この家にぽかんとしているのは、なにか気が抜けたようだった。千代子は馬に乗って、園子を抱いた。初めて御殿場の駅についで、與平治に馬に乗れとすすめられたときは気がひけたが、いまはもう馬にも、馬に乗って行く彼女にそそがれる村人の視線にも馴れていた。朝霧の中を行くと、顔見知りの村の人に行き会った。来た当時は、千代子が通ると横目使いにじっと見送っていた村人たちも、このごろは向うから声を掛けた。

「奥さん東京へお帰りかね」

千代子は、馬上からいちいちそれにお世話になりましたと挨拶した。園子はつるが取って来てくれた桔梗《ききょう》の花をふりながら御機嫌だった。

御殿場駅に着いたが、発車時刻までには、一時間半もあった。彼女はこの時間を利用して、東京にいる姑のとみ子に手紙を書いた。なんといっても一番気がかりなのは、姑のとみ子のことであった。そのときの手紙を原文のままここに掲げる。

取急ぎ一筆申上候。到様御事、此度《このたび》弥々《いよいよ》お登り遊ばし、今後八、九ケ月の間、御一人にて明暮《あけく》れ煮炊《にた》きの業《わざ》までも御世話遊ばすやらにては、日頃如何《いか》にすこやかとは申しながら、万一の事ともおはし候はゞ、是迄《これまで》の御心尽《づく》し相砕《あひくだ》け、御痛《いた》はしふ候へば、是非にわらは、御供致度《おんともいたしたく》、兎《と》にも角《かく》にも安閑《あんかん》と致し居るべき時には候はず。幸に父上より昔の人の御物語りを聞きしも、かやうの時と存候。尚又、故郷《くに》の親々方《おやおやかた》の身の上の御世話、また私は、かあ様に髪《かみ》の上よりつま先《さき》まで当世《たうせい》の品々をととのへ頂き、かほどまで御二親《おんふたおや》の御目かけ給はり候を故郷の親々方にも見せ度《た》く存じ、宜《よろ》しき衣類品々、今度皆持参《このたびみなもちまゐ》り候。又お琴様乳を尋ねられ候はん。母上には勝手廻り煩《わづら》はせ参らせ、真《まこと》に御気の毒様にて、私はいかほどの罪あるものか、お許し給はれかし。到様にも今度下県《げけん》の事は少しも御咄《はな》し申上たる事に候はねば、嘸《さぞ》かし御驚き可被遊《あそばさるべき》と察上《さつしあげ》候。又私此の後《あと》登山に付き、食米その他は別段に用意、佐藤方に頼み置き候に付き、御心配に及び不申《まうさず》候。扨《さて》は、今度《このたび》の私の振舞《ふるまひ》、御方々、わきて到様より幾程《いかほど》の御しかりを受候とも、此の事ばかりは思ひ止まりかね、ふみ切り、下県致し候。何卒《なにとぞ》あしからず思召《おぼしめ》し、唯々御平《たひら》かにいらせ給ふやう願上候。かしこ

九月四日

御殿場停車場にて

千代子

御母御ぬし

千代子は書き終った手紙を與平治に渡した。まだ時間はあったがもうすることはなかった。つるが園子とたわむれているのを見ながら千代子は、なにか大事なことを與平治に云い忘れているような気がしてならなかった。それは馬に乗って来る間に気がついたことだった。ぜひとも與平治に云って置かねばならない、御殿場に着いたら云おうと思っていて、さて今になって見るとそれがなんだか思い出せないのである。

汽車に乗って、窓側に席を取って、プラットフォームまで見送りに来てくれた與平治とつるに手をふりながらも千代子は、その忘れたことを思い出そうとしていた。汽車がゆっくり動き出した。與平治とつるが眼に涙を浮べた。ひとつきも経たないうちにまた会えるのにと、千代子は思うのだが、他人《ひと》の涙を見ると、やはり自分も涙ぐんで来た。

與平治とつるの姿が見えなくなった途端《とたん》、千代子は忘れていたことを思い出した。懐炉六個と懐炉灰を二千本ほど揚げてくれるように頼むことだった。與平治とそのことについて話はしたが、具体的な数量はきめてなかったのである。彼女は、がたごと揺れる汽車の中で與平治あてに手紙を書いた。次の駅で駅員にたのんで投函して貰うつもりだった。

その夜おそく汽車は名古屋についた。汽車は名古屋止りで、翌朝まで汽車はないから、千代子は名古屋の駅の前の旅館に泊った。園子を背負い、大きな荷物をかかえての汽車の旅は容易のことではなかった。

翌日はまた汽車に乗った。

千代子の前の座席に話し好きな女が坐った。娘が中学校の英語の先生と結婚して、秋田の中学に赴任した。そこへお産の手伝いに行った帰りだった。

「秋田っていいところですので、つい一年も暮してしまいました」

女の話はつぎつぎと続いた。その話の中に、もんぺという女性用の穿《は》き物の話が出て来た。千代子がそれを突込んで訊くと

「それは温かいものですよ、下の方から風が全然入らないからね」

女は、話に夢中になるとついには立上ってもんぺを穿く真似までして見せた。穿き方ばかりではなく、用を足すときにはどうするかまで教えたのである。東北地方は寒いか

ら、これを穿かないでは暮せないのだと女はつけ加えた。女は岡山で下車した。

千代子は東北地方の風俗として女性のもんぺ姿を写真で見たことがあった。軽衫《かるさん》や雪袴《ゆきばかま》に類したものだろうと思った。福岡県は九州の中でも他県と気候を異にしていた。日本海気候の支配するところだから、冬期は、積雪こそ多くはないが、雪は珍しくはなかった。だから山手に住む男たちが軽衫や雪袴に類するものを用いることもあり得るだろうと考えられたが、女性がそういうものを使うことは想像されなかった。

千代子は、そのもんぺを穿いて富士山に登ろうかと思って見た。もんぺばかりではなく、着物のこと、下着のこと、履きもののことを考えると、福岡に帰ってゆっくりしている暇もないように思われた。

尾道《おのみち》で下車した千代子はその翌日、門司行きの船に乗った。

園子は、汽車から船に乗りかえてからしばらく黙っていた。驚いたのである。船が尾道を出るとすぐ風が強くなった。船がはげしく揺れて、船客の多くは嘔吐したが、千代子は苦しいのを我慢していた。冬の富士山へ登って、そこに滞在することを思えば、このくらいのことはなんでもないと思った。船は周防灘《すおうなだ》にかかるところで、ひどい嵐にあって長島の上関《かみのせき》に逃げこんだ。船客の一人一人に、真新しい浮袋が渡されて、その着用の仕方が教えられた。千代子は一昼夜の間、風の音を聞きながら、富士山頂に登れば、一冬の間、これよりはげしい風の音を聞かねばならないだろうと思っていた。風の恐怖も、富士山と比較すればたいして気にならなかった。船はやがて動き出して門司についた。御殿場を出発してから四日目であった。門司で汽車に乗りかえて、博多駅についたのは夕刻近くであった。博多駅は以前と変っていなかった。

千代子は博多駅から人力車に乗って生家のある警固《けご》村に急いだ。故郷に帰って来たという嬉しさを千代子は何度となく膝に抱いている園子に云ってやった。やがて、おばあちゃんとおじいちゃんに会えるのだと話してやった。

千代子の予告なしの帰郷に父の梅津只圓《しえん》と母の糸子はひどく驚いたようであった。久しぶりで娘と、そして孫の園子とは初めての対面ではあったが、その喜びを率直には現わせずに、他人行儀に挨拶する千代子を黙って見守っていた。

千代子は両親の顔に浮んでいる心配そうなかげがなんであるかに気がつくと、おかしくなった。

「お父さまもお母さまも、なんてへんな顔をなさっているの。私は不始末があって里帰りしたのではございませんわ」

千代子は声を上げて笑った。四日間の旅のつかれが吹きとんだようなさわやかな気持だった。なにか、そのとき千代子は、彼女の富士山へ登ることについて、きっと両親は賛成してくれるに違いないと思った。

千代子は、長い道中で、頭の中に筋道を立てて置いたとおりに、手短かに要点を話した。

「そうか、それは勇ましいことだ。夫の仕事を妻が助けるのは当り前のことだ。園子のことは心配するな、ちゃんと面倒を見てやるから」

父の只圓が賛成すると、母の糸子も

「ほんとうによく決心したものですね。それこそ、まことの婦道の鑑《かがみ》というものですよ」

と讃《ほ》めて置いてから

「でも、よく到が、承知したものですね」

と云った。

「あの人は私と園子は東京へ帰ったものと思っています。私が登ると云ったら駄目だと云うに決っています。だから、黙ってここに来て、ここで充分支度を整えて、あの人の後を追って富士山に登るつもりです。東京のお姑《かあ》さまには、御殿場から手紙を出して置きました」

「到に黙って来たの、まあ——」

糸子は驚いたようだったが、婦道の鑑というものだなどと大げさに讃めた手前、すぐ掌《てのひら》をかえしたように叱るわけにも行かず、只圓の方へ眼をやった。

只圓が豪快な笑い声を上げて

「千代子もなかなかやるじゃあないか」

と云ったので、千代子は、もうなにもかも許されているのだと思った。

「お父さま、私は明日から背振山に登りたいのですけれど、誰かいい案内人がいないかしら」

「背振山なら、前にこの家にいた源造がいいだろう。年は取っても、お前の案内ぐらいできるだろう。だがなぜ急に……」

「足をきたえるためですわ。富士山へ登るには、まず足が達者でないと、どうにもならないでしょう、ね、お父さま」

今度は只圓の方が驚いた眼を糸子の方にやった。

6

千代子はしなければならないことがいっぱいあった。夫の到が富士山頂に籠って、気象観測を始めるのは十月一日の予定だから、そのころまでには、すっかり登山の支度を整えて御殿場へ行かねばならない。久しぶりで里へ帰ったからといって、ゆっくりしているわけにはいかなかった。

なにから先に手をつけるべきかは心づもりができてはいたが、服装のことを口に出したとたんに母の糸子からはげしい反対を受けた千代子は、やれやれ、ここまで来て、お母さまに反対されたら、いったいどうしたらいいのでしょうと父の只圓に救いを求めた。

「女が男の服装をしていけないってことはないし、冬の富士山に登るという目的があってのことだから」

只圓が千代子の肩を一応は持ってくれたが、糸子はなんとしても、千代子が男装で富士山へ登ることを許さなかった。

「女が男の風をするなどということは、そのときもう女でなくなったこと他人《ひと》さまの前に宣言したようなものです。お前が男の着る洋服なんか着て富士山に登る写真でも新聞に載ってごらんなさい、梅津の糸子さんはあんなふうに娘を育てたのかと他人さまに云われます。そうなったらほんとうに私は死んでしまいたくなるでしょうよ。女が男の洋服を着るなんて想像しただけで身の毛がよだつ思いがします。誰がなんと云っても、この母がそんなことは許しません」

糸子は結論を下した。

「でもお母さま富士山は寒いのよ、下から強い風が吹き上げて来るのよ。普通の日本の着物では駄目なんです。頂上に着くまでに身体が凍えてしまうかもしれません」

千代子は富士山がいかにたいへんなところであるかを到から聞いた話や、たった一回だけれど彼女が三合目まで登った経験を交《まじ》えて話したが、糸子は、寒いところは富士山ばかりではないでしょう、寒い雪国で、女が男の服装をしていますか、やはり女は女らしい服装をしているでしょう、と云うのであった。千代子は、それ以上男装で登るということが云えなくなった。それに、糸子の反対がすさまじいので只圓が千代子の応援をやめてしまった。千代子はこれ以上同じことを云っても無駄だと思うと、かねて用意していた第二案をすかさずそこに出した。

「そう、ではお母さま、男装で富士登山をするのはやめますわ。そのかわり、私はもんぺを穿いて登ります。もんぺは女の着物ですから、勿論《もちろん》お母さまは反対なさらないと思いますけれど……」

千代子はその時も父只圓の援助を求めた。末子の千代子をこの上なく愛していた只圓のことだから、こんどこそ千代子の味方になってくれるだろうと思った。だが、もんぺという言葉を聞くと、只圓の顔になにかもの憂い翳《かげ》が流れた。それを只圓はさりげなくかくすようにしながら、そうだなと下を向いた。

「もんぺですって、もんぺなどというものは、草深いところの女が身につけるものであって、れっきとした士族の娘がつけるものではありません。千代子、お前は士族梅津只圓の娘であり、士族野中到の妻ですよ。女は身分相応のなりをしないと他人に嗤《わら》われます。あなたが他人に嗤われるばかりでなく、生家の親も婚家の親も嗤われます。そんなことを野中のお姑《かあ》さまが許すと思っておいでなのですか、なんとまああなたは、はしたないものの考え方をするひとでしょう。富士山頂へ夫の仕事を手伝いに登るという精神《こころ》はけなげですけれど、その目的のためには手段を選ばないというあなたの考え方は婦道から遠くはずれています。このごろはやたらに外国かぶれした考え方が流行しているけれど、外国はどうあろうと、日本では形が大切です。ちゃんとした形が整《ととの》うていなかったら、なにをやったところで意味がないことです」

「でもお母さま秋田では……」

千代子は汽車で会った婦人に聞いた話をしようとしたが、糸子はしきりに首を振って、もうそんな話は聞きたくないというような顔をした。それに、只圓も、千代子が男装で行くのには賛成した癖に、もんぺの話を出すと、明らかに嫌な顔をしているのを見て、千代子は、このかたくなな両親に服装の話をこれ以上しても無駄だと思った。千代子は士族などということを考えても見たことがないのに、士族を持ち出してもんぺの使用に反対した母との間に時代のずれを感じた。

千代子は黙った。洋服もだめ、もんぺもだめ、あのじゃらじゃらした和服姿で、與平治に云わせると、氷のかけらが横にすっとぶような富士山へ登るわけにはいかないのだ。千代子は彼女の胸の中に抱いていたまぼろしの男装姿の写真と、もんぺ姿の写真を重ね合わせて破いて棄てた。気負いこんでいた彼女の計画のすべてが頓挫してしまったような淋しい気持だった。千代子の大きな二重瞼の眼が潤《うる》んだ。少女のように健康に赤く輝いている、ふくよかな千代子の頰に、やがて二条の光るものが流れでもしたら、久しぶりに再会した親娘《おやこ》の間に、もっと悲しいことが起りそうな気がした。千代子は耐えた。

「しかし冬の富士山だ、あれもいけない、これもいけないと云ったら千代子は登ることはできなくなるぞ」

と只圓が千代子の泣き出しそうな様子を見て助け船を出したけれど、糸子は、男装にも、もんぺ姿にも絶対に妥協しそうな様子は見せなかった。

「つかれていますので、私は先に休ませていただきます」

千代子は涙をこらえた眼で両親に挨拶して、その場をさがると、隣室の彼女の部屋に入った。園子はすやすやと眠っていた。

考えて見れば見るほど、千代子にとっては両親の古い考え方が歯痒《がゆ》かった。いっそ両親には内緒で自分の好きなようなものをこしらえようかとも思って見るが、里に帰っていて両親の眼をごまかすようなことはできなかった。

「これでは、登山靴を作ることもだめにきまっているわ」

千代子は闇に向って云った。氷雪の富士山へ登山靴を履《は》いて登った到は、靴下を三枚重ね合わせて穿《は》いても足の先が凍えそうだったと云った。その富士山へいったい私はなにを履いて行ったらいいだろうか。いざとなったら雪沓《ゆきぐつ》しかないが、それで頂上まで登れるであろうか。

千代子は、それから二、三日は富士山のことはひとことも口に出さずに部屋にこもっていた。只圓も糸子もその千代子になんとなく遠慮がちに、ときどき富士山のことを話しかけるのだが、千代子はわざと知らんふりをしていた。もう富士山のことはあきらめましたといったような顔でいながら、千代子は、両親たちが、男装もいけない、もんぺ姿もいけないと、千代子の考え方のすべてを否定したその責任をどう取るかを黙って見詰めていた。

「千代子、富士登山の着物のことだが、いろいろお父さまとも相談して見たのだが、とにかく寒いのだから、下着などはある程度、男物を使わねばならないでしょうね」

三日ほど経ってから糸子が云った。

「私は士族の娘で、士族の妻よ、そんなはしたないことをしていいの、お母さま」

千代子は糸子をちくりといじめて置いて、両親が三日がかりで考えたという、その服装のことを聞いてやった。

「肌着には到が着て登ったという男物の毛糸の肌襦袢《はだじゆばん》（毛糸のシャツ）、下穿きとしては、やはり、男物の股引《ももひき》だけれど、これは真綿入りの物を三つほどこしらえさせて、重ねて穿いたらどうでしょうね」

千代子は危うくふき出してしまいそうになったのをようやくこらえた。母が自慢げに云う、その服装のヒントは、到の服装について千代子がこまかく説明したことが基礎になっているのである。誰が考えたって、冬の富士山へ登るのには、下着に毛糸とか真綿とかを着こまねばならないことはわかりきったことだった。

「それはいい考えですわ、お母さま。それで、上はなにを着ていくの」

千代子は明るい声で訊ねた。

「下着がしっかりしていれば、上は普通の綿入れの着物だっていいでしょう。でも一番上には、西洋人の女が着ているような、ほら、襟《えり》に毛皮がついた羅紗《らしや》の外套《がいとう》を着て行かないといけないでしょうよ。千代子がそれでいいというなら、私は、今日中にでも洋服屋さんを呼んで、着物の上に着る外套を作らせようと思っているところですよ」

それでは丸っきり、自分が考えていたとおりではないかと、千代子はおかしくなった。男装でないということ以外では、ほぼ、千代子の構想と同じだった。

「それであとはかぶりものと足に履くものですけれど、かぶりものはいくらでも工夫《くふう》ができるからいいとして、履き物がたいへんね。実はお父さまがそのことで靴屋さんにさっき出掛けて行きました」

「靴屋さんへ？」

せっかちな父だと千代子は思った。博多の靴屋に行ったところで登山靴が作れる筈がないと思った。

「お父さまはね、履き物は、その人の足に合ったものでないとたいへんなことになる。特に靴は、少しでも寸法が違うと、足にまめができて、途中で歩けなくなるから、今のうちに履き馴らして置かねばならないのだとおっしゃっていました」

千代子は父の配慮に感謝した。到も富士山に登る前の一カ月間は、靴の裏に鋲を打った靴を履いて歩き廻っていた。靴を足に馴らすためだった。

「ほんとうにいろいろごめんどうをかけてすみません」

千代子は母の糸子に他人行儀に思われるほど丁寧な挨拶をした。もとはといえば到のためにすることなのに、とうとう両親まで深入りさせてしまったと思った。

「でも、これでお母さま、もうなにも心配することはありませんわ、成功したも同然……」

と眼を輝かせる千代子に糸子は、膝の園子の頭を撫でながら

「おやおや、あなたのお母さまは、まるで園子ちゃんのように無邪気なおひとだわ」

と云って、園子を引き寄せるように抱きかかえると糸子は

「まだまだ考えることはたくさんあるでしょう。男用の股引を穿いて行くにしたって、さらにその下に穿くものを考えねばならないでしょう。富士山は風が下から吹き上げて来るっていうのですからね」

やはり母はそこまで考えていてくれたのだと千代子は心の中で感謝しながら

「その心づもりはもうできています。私はドロース (drawers) を用意して行こうと思っていますわ」

「なんですか、そのドロースとかズロースとかいうものは」

「西洋婦人の使う下穿きですわ」

千代子は結婚して東京に出て一年あまりの間、英語を勉強したことがあった。これからの女は外国語がどんなものかぐらい分らないと困ることもあろうと、舅の野中勝良のすすめによって英語塾の婦人部に通った。そこで、西洋婦人の服装のことを教わったのである。西洋婦人の下穿きがズロースという名で日本の若い女性の間に流行し出したの

は、まだまだずっと後であったが、このころ既に進歩的女性の一部の間にはズロースが使用されていたのである。

「西洋人の女が肌身につけるものを、あなたが使うのですか」

糸子の声がきつくなった。千代子はなぜ母がそれだけのことで急に顔をこわばらせたのか分らなかった。

「やたらに西洋人の真似《まね》ばかりしたがる人が多くて困りますね。今年の四月の京都博覧会には一糸まとわぬ女の絵が飾られたっていうではありませんか。私はそういうふうな外国かぶれは大きらいです」

糸子は明らかに怒っていた。その絵は黒田清輝の描いた〝朝粧〟という油絵で、裸女が鏡に向っている立姿を描いたものであった。この絵のことが大問題になって、ついに下腹部を布で覆ったという新聞記事を糸子は読んでいた。千代子もその事件はよく知っていた。

なぜ糸子が、下穿きとなんの関係もない、黒田清輝の絵のことを云い出したのか千代子にはよくわからなかったが、おそらく母はズロースという西洋婦人の下穿きの名称から、それを取り去った裸女を想像したのではないだろうか。そして彼女自らが、人の前で裸にでもされたような怒りを覚えたのではなかろうか。

「いやなお母さま」

と千代子は云った。

「見えないところにつけるものまで、いちいちお母さまから指図《さしず》していただかなくともよろしゅうございます。到さまだって、従来の日本女性の腰のものより、ドロースのほうがいいだろうと云っておりました。私はそのうち園子にもこしらえてやろうと思っています」

まあ、甥の到がと、糸子はあいた口がふさがらないという顔をした。夫婦であっても、女の下着に口を出すなどということは考えられないといった顔であった。夫婦であっても、別々に秘密を持っていて、ついには一生を終えることもあるような封建時代の宿命の中で育てられた糸子には、夫婦の間にはいかなる秘密もあり得ないと考えている千代子と到の夫婦間の密着の度合いを見せつけられたような気がした。糸子は、二度とそのことについては口をさしはさまなかった。

その日の夕刻只圓は、博多の靴屋から一足の靴を買って来た。編上げの男物の靴であった。

「靴屋の云うには、登山靴がどんなものか知らないが靴下を何足も穿いて登るというならば、足に合った靴よりかえって大きな靴の方がいいだろうということだった。この靴を履いて歩いて見て、もしどこか悪いところがあったら直して貰えばいい」

只圓はその靴を千代子の前に置いた。千代子がすぐ履いて見ようとすると糸子は、その靴を履いて山登りをするのはいいが、町の中を履いて歩いて貰っては困ると云った。他人の目をおそれているのであった。

翌朝早く千代子は風呂敷包みを背負って、警固村の家を出て早良《さわら》の内野《うちの》に向った。そこに大坪源造の家があった。大坪源造は梅津家の用人として長らく勤めていた男であった。山歩きが好きで、暇があると内野へ帰り、附近の山を歩き廻っていた。只圓は源造あてに手紙を書いて千代子が近日中に行くことを知らせて置いた。もし源造が山へ行けないようだったら、しっかりした者を紹介してくれと書いて置いた。

警固村から内野までの三里の道は平坦な道だった。昼前に千代子は大坪源造に会った。昔と少しも変ってはいなかった。千代子は用意して来た土産物を彼の前に置いた。

「到さまと富士山へお登りなさるのですってね。お国のためといいながら、それはそれはたいへんなことですねえ」

只圓はおおよそのことを源造に知らせて置いたらしかった。源造が云った、お国のためということばが千代子の胸を衝《つ》いた。

「どんなつらいことでも我慢しますから、人並に歩けるようにね。もし山歩きのこ、つのようなものがあったらそれも教えていただきたいわ」

千代子は、風呂敷から靴や靴下を出した。いますぐにでも山へ向って歩き出しそうな様子だった。

「お嬢さま、いや若奥さま、今日のところはほんの足馴らしということになさいませ」

源造は、はやる千代子の気持をおさえて、一時間ほども休ませてから、板屋峠への道へ入っていった。御殿場の山麓では、なんとなく秋を感じさせるころだったのに、ここはまだ夏の盛りのように緑が繁りあっていた。御殿場の空気は乾いてさらりとしていたが、ここの空気はなんとなくしめっぽかった。千代子は御殿場の遠さを思った。夫の到はいまごろ予備観測のために頂上に登っているかもしれないと思った。或いは東京へ一度ぐらい帰るかも知れない。そして姑のとみ子から、千代子が園子をつれて福岡へ帰ったと聞いてどんなに驚き、そして、千代子が到のあとを追って富士山へ登ると知ったら、怒るだろうと思った。いくら怒られたっていいのだと思った。まさか登って行った自分を追い返すようなことはしないだろう。千代子はそんなことを考えながら歩いていた。

足馴らしのためといって父の只圓が買って来てくれた男物の編上げ靴は、靴下を三枚も重ねて穿いたのにもかかわらず、踵《かかと》のあたりが痛かった。左右とも同じようだった。途中で休んで、靴下をもう一枚重ねてもやはり駄目だった。千代子は湯野《ゆの》の手前まで来て、それ以上歩くのが苦しくなった。千代子は悲しそうな眼を源造に向けた。

「履き物が足に合わないと一里だって歩けるものではない」

源造は千代子にその日は帰ることをすすめた。内野の源造の家に来て見ると、両足の踵に大きなまめができていた。源造はまめをつぶして焼酎で洗って疵《きず》薬をつけた。

「この靴じゃあだめですね。だいたい若奥さまのやわらかい足には合いません」

源造は、靴の固い皮を手でもみながら、

「富士山のように雪や氷があるところでは雪沓《ゆきぐつ》が履き物になるのでしょう。そうだとすれば、いっそのこと雪沓を履いて歩いたほうが足馴らしになるのではないでしょうか」

「雪沓？　雪沓が九州にあるの」

千代子はびっくりしたように眼を見張った。源造にその大きな目を見開いて、感動を示す様子は子供のころの千代子とそっくりだった。源造は微笑を浮べながら云った。

「九州でもこの近くの山の奥へ入ると、年によってはかなり雪が降るところがあります。雪沓のことをしんでえと呼んでいます。雪沓《しんでえ》を使うようなことは三十年に一度あるか、五十年に一度あるか分りませんが、いざというときのために、雪沓《しんでえ》を用意してある家もあります、私のところにも父が残して置いた雪沓《しんでえ》が二足ございます。昔の人は心掛けがよかったものですね」

源造は納屋から色の変った雪沓をさげて来た。足袋をつけて履けば丁度いいだろうと云った。

「背振山へ登るには草鞋でもいいし、草履《ぞうり》だっていいけれど、冬の富士山に登るための足馴らしなら、重い雪沓《しんでえ》を履いたほうがいい」

千代子は源造の心遣いを嬉しく思った。でも実際に、雪沓で富士山に登れるかしら、かった。

千代子は寒さが怖かった。凍えてしまう自分の足のことが心配だった。與平治が、御殿場でそのことは考えていてくれるだろうと思ったが、その不安を拭《ふ》きとることはできなかった。

翌朝、千代子は源造と連れ立って家を出た。緑の濃い山道を雪沓を履いて登る千代子の姿は村人の興味を引いた。源造は村人に訊《き》かれると冬の山へ登るための足馴らしだと答えた。冬の山というとどこかとしつっこく問われると、なにしろ、とっても高くて雪が深い、なんとかいう山だそうだととぼけていた。富士山の名は出さなかった。新聞にでも書かれたら困ると、千代子がたのんだからであった。

内野から板屋峠までの登り道はそうたいへんだというほどではなかったが、板屋峠から背振山の頂上までの登りは急だった。背振山の頂上に立つと玄界灘がよく見えた。第一日目は内野から板屋峠まで二時間半、そこから頂上まで一時間かかったが、三日目になると、内野から背振山の頂上まで三時間で登った。雪沓がだめになったが、予備がもうないから、それからは草鞋を履いた。足が軽すぎては足馴らしにならないから、千代子の脚絆《きやはん》の中に鉛の玉を縫いこんで、足に荷重《かじゆう》をかけた。源造の発案だった。

「もう若奥さまには勝《かな》いませせぬ」

千代子と背振山往復を始めてから七日目に源造はとうとう降参した。源造はこれだけ歩けたら、冬の富士山だって大丈夫だろうと云った。

千代子は夜になると乳が張るのが気になった。園子のことが心配になった。園子が生れて以来、離れて寝たのは今度が初めてだった。内野にやって来たのは園子を母の糸子に馴れさせるためと離乳させるためだった。園子が乳を欲しがって泣いていはしないかと思うと眠れなかった。千代子は日程を繰り上げて生家に帰った。

「園子は？」

千代子の第一声だった。園子はそのとき昼寝をしていた。

「よくしたものですね、あなたがいないとすっかり私に馴れて、お乳がないのでときどきは淋しそうな顔をするけれど、今朝などもうお乳のことは忘れたようでしたわ」

千代子は、やはり園子に走りよって来て抱きついて貰いたかった。乳をねだって欲しかった。その千代子の気持に釘を打つように糸子が云った。

「園子にお乳を思い出させるようなことをしないでね。かえって、お互いにみじめになるだけのことだから」

千代子は石のように張った乳房のあたりに痛みを感じた。その痛みをやわらげてくれる園子が手の届かないほど遠いところに行ってしまったような気がした。

「東京からあなたあてに手紙が来ているわ」

姑のとみ子からだなと千代子は思った。

一筆申入れ候、皆々様ごきげんよく、又そもじ園子諸共《もろとも》、海山無事にと存候、扨《さて》とや、そもじ登山の事《こと》、先《さき》の頃とゞめ候へども、今はその元《もと》の御二方御ゆるし遊ばす上はとも存候。又そもじが、か程迄の願ならば、此の上は強《し》ひてとゞめんやうもなく候。さり乍《なが》ら、園子は是非に、手元に預り度《た》く、呉々《くれぐれ》の願に候へば、園子をつれ帰るべく候。仮令《たとへ》琴子の幼きものあるとても、いかやうにも致し、きつと園子を受持ち候はば、かへつて友だちとなり、園子のためにも、まぎれによろしからんと存候。何はともあれ、はやはやつれ帰りの程待《まち》入り候。

めでたく　かしこ。

東京母より

九月十五日

千代子どのへ

千代子は何度か手紙を読み返した。姑のとみ子がこの手紙を書くまでには、舅の勝良と一晩も二晩も話し合ったであろう。そして結局千代子の登山が許されたのであろうけれど、このことが夫の到に知らされているであろうか。おそらく知らされてはいないだろう。到は東京へは帰らず、ずっと富士山にいるに違いない。到が東京に帰って来たら、千代子が園子をつれて実家へ行ったことがわかるのだから、かくして置くことはできないだろう。

千代子は、富士山頂に籠っている到の前に、彼女がふいに顔を出したとき、到の驚いた顔や怒る顔が見えるような気がした。到の方はそれでいいのだが、この手紙の重点は、園子の扱い方だった。なにはともあれ、はやはや園子を連れ戻れという、手紙の字句の中に、姑とみ子のきびしい眼が光っていた。園子はうち孫である。なにも嫁の実家に預けないでもいい、もし、そんなことを他人が知ったら——姑のとみ子はそんなことを心配しているのかもしれない。

「園子を連れてはやはや帰れと書いてあるわ」

千代子はその手紙を糸子に渡した。

糸子は食いつくような眼で手紙を読み終ると、少々腹立たしげに云った。

「なんて見えっぱりでしょうね、とみ子さんというひとは。琴子一人でもたいへんだから、よろしくお願いしますと、ほんとうの気持がなぜ云えないのでしょう。勝良も勝良ですよ、そう書けとひとことと、とみ子さんに云えばいいものを」

糸子は、その時、野中とみ子を娘千代子の姑とは見ず、義妹（弟の勝良の妻）として見ていたようであった。

千代子は、実母糸子と姑のとみ子との間に園子を抱いて立っている自分がこれからどうすればいいのか、そして、このような煩わしいことがうまく行かないと、けっして富士登山もいいようにはならないのだと考えていた。

隣室で園子の泣き声がした。わが子の声を聞くとまた乳のあたりが痛んだ。

7

千代子の富士登山のための用意は意外に手間どった。はじめは、せいぜい十日もあれば、すべてが、整ってしまうだろうと思っていたのに、いざ取掛かって見ると、脚絆一つ、下着一枚をこしらえるにも、厳冬の富士山ということを思うと、いろいろと工夫をこらして、一針一針が慎重になって来るのである。

千代子がそれらのもののすべてを自分自身でこしらえるわけにはいかなかった。襟《えり》に毛皮がついた羅紗《らしゃ》の婦人用外套は洋服屋に注文したし、彼女の身につけるものの幾つかは母の糸子の協力を得た。糸子の知り合いの女に依頼したものもあった。

「とにかく富士山は寒いのだから、温かくしないといけないわ」

母の糸子は、そのことだけを気にするためか、やたらに厚くこしらえたがった。そんなに、ごわごわと厚いものを幾枚も身につけたら動けなくなってしまうでしょうと、千代子が云うと、でも富士山は寒いのだからと糸子は答えるのである。あたたかいものという条件のほかに軽いことが必要だと説明しても、糸子にはぴんと来ないようであった。

「それに千代子、富士山に籠るとなると半年間もお風呂に入れなくなるでしょう。洗濯だってできないということになれば、着がえをたくさん持って行くよりしかたがないではありませんか」

糸子はそこまで見通していて、あれもこれもと同じようなものを縫わせていた。

九月の終りごろから十月の初めにかけて千代子は再び背振山に出掛けて行った。山歩きの足運びはこの前とは比較にならないほどしっかりしていた。

「若奥さま、だいぶ足をきたえましたね」

大坪源造は千代子の足さばきを見てそう云った。

「きたえたっていうことになるかしら。ただ、あなたに云われたとおり、毎日かかさず歩いていただけですわ」

千代子は、一日に少なくとも二里は歩くことにしていた。警固《けご》村の彼女の家から出て、荒津崎、伊崎浦、樋井川、千眼寺とぐるっとひとまわりして来ることもあったし、一気に姪浜《めいのはま》まで足を延ばすこともあった。大坪源造に足をきたえたと云われるだけの効果は充分に現われていた。

「山へ登るのも平地を歩くのも、要するに足と呼吸をどう合わせるかということで、そのこつが分りさえすれば、もうどこへ行っても大丈夫です」

大坪源造は千代子の歩き方を見て、ちゃんと姿勢はでき上っていると云った。

千代子は十月三日に博多に帰った。羅紗の外套が彼女を待っていた。

「妙な恰好ね……」

千代子は襟に毛皮がついた羅紗の外套を着た自分の姿を鏡に映して見た。こんな恰好で富士山へ登っていったら、さぞかし到がびっくりするだろうと思った。

千代子は用意したものを全部身につけて見た。ほんとうはこの姿で背振山へ登って見たいのだが、糸子が許してくれそうもないから、その重装備の姿で梅津家の庭をぐるぐる歩いて廻った。

園子が、千代子の異様な姿に眼を見張っていた。母の身辺に、なにか新しいことが持ち上ったことを敏感に嗅ぎ取ったようだった。園子は博多へ来てからは、千代子にろくろく抱いても貰えないし、このごろ乳とも縁が切れた。いつの間にか、園子は糸子に抱かれて眠るようになっていた。

「ね、園子、おかしいでしょう、この恰好」

千代子がそう云っても、糸子の膝に抱かれている園子は黙っていた。

身につけるものを全部身につけて庭を歩き廻って見ると、そこでまた具合の悪いところが発見できた。羅紗の外套の肩のあたりが窮屈だったので直しにやった。

十月六日は朝からいい天気だった。この日をいよいよ門出ときめた千代子は、いつもより早く起きた。登山の用意についてはもうなにも思い残すことはなかった。きのうのうちにすっかり荷造りはできていた。

「手袋は入れたかしら」

などと、思い出したように糸子が云うのもおかしかった。千代子はふところから、帳面を出して
「ね、お母さま、必要な品は全部これに書き上げてあるでしょう。丸をつけたのは、荷造りしてしまったものよ、一つも落ちたものはありませんわ」

と安心させた。品目を書き上げて置いて、荷造りしたものから先に丸をつけて行くという照合法は到のやり方を真似たのであった。そのようにしても、糸子は、まだなにか忘れ物はないかと騒ぐのであった。

千代子の出発を前にして、梅津家は朝からごたごたしていた。親戚や知人がつぎからつぎと梅津家を訪れて、千代子をはげました。園子は、その朝の異常を強く感じたのか、糸子にまつわりついて離れなかった。いつもなら、廻らない口でしつっこく食いさがった訊き方をする園子が、その朝はむっつりとしていた。

「やはり、園子にはわかってるのだよ」

糸子は、そっと涙をふいた。千代子の門出に縁起でもないと、只圓に叱られても、糸子は思い出したように涙をぬぐっていた。千代子と園子との別れに同情したのではなく、糸子自身が娘を危険な山へやるのが悲しいのであった。

汽車の時間が迫って来るにつれて、梅津家には冷え冷えとした空気が流れ始めた。人々は無口になって、奥の書院へときどき眼をやった。

糸子は園子に白無垢《しろむく》を着せて、その幼い顔にいくらかの化粧をほどこした。園子は糸子がなすがままにさせていた。園子の唇に引いた紅《べに》が花びらのように赤かった。

八畳の書院の奥に千代子が旅立ちの姿で坐り、その傍に父の只圓が坐った。手伝いに来ていた親戚の娘が三方《さんぼう》をおし戴くようにして入って来て、それを千代子の前に置いた。三方の上には白紙が敷かれ、その上に素焼《すやき》の杯《さかずき》と瓶子《へいじ》が置いてあった。

「さあ、園子ちゃん、お母さまとのお別れですよ」

糸子はそう云うと、園子を抱いたまま、三方の前に膝行《しっこう》した。千代子は黙って三方の上の素焼の杯を取ると、笑顔とともに園子の前にさし出した。作った笑顔だった。無理にこしらえた笑顔だということが千代子にもよくわかっていた。親子別れの水杯《みずさかずき》などと、こんな悲しい儀式をなぜしなければならないのだろうかと思うと、父母のやり方にいきどおりさえおぼえるのである。水杯を交わすことは再会を期しがたい場合のことである。父母は、千代子が冬の富士山へ登ることを、男が戦場に出ていくことと同じように考えていて、いま、千代子はお国のために死ぬ覚悟で家を出ていくところだということを、みんなの前に顕示しようとしているのである。そうかも知れない。まさに彼女が冬富士に登ることは戦地へのぞむ兵士より、もっと高い確率の危険が待っている。しかし、それにしても、水杯という儀式で、園子との親子関係を断絶してしまうことはあまりにも悲しいことであった。それは、一方的に、園子にだけ不幸を強いているようであった。園子がかわいそうだった。水杯で別れるなんてほんとうにいやだと思った。園子は瞬きもせず千代子を見詰めていた。

「さあ、園子ちゃんお母さまについでおやりなさい」

糸子がそう云って、瓶子を園子の手に持たせてやると、園子はちょっとためらったような眼を上げたが、意外と素直に、糸子の手が添えられた瓶子を両手で持つと、瓶子の水を千代子がさし出した素焼の杯にそそいだ。

千代子はその水を飲んだ。水の味はなく、土のにおいがした。千代子はその杯を園子に持たせて、今度は千代子が杯に瓶子の水をついでやった。

千代子はほっと溜息をついた。無事に親子の別れがすんだという安堵《あんど》感ではなく、打ちのめされたような気持だった。最愛のわが子に、親としての資格を詰問された揚句、一方的に親子の縁を切られたようなせつない思いがした。

千代子は眼の前で、園子との間を引きさこうとしている三方をいそいで横にずらすと、前ににじり出るようにして園子に云った。

「園子いらっしゃい。お母さまが、お乳をさし上げますから」

千代子は両手をひろげて云った。

せっかく乳をあきらめさせたのだが、今日は最後の日だから、このくらいのわがままは許されてもいいと思った。父母がそれに反対する筈はないと思った。糸子は、千代子の気持を察すると、園子を千代子の方へおし出すようにした。しかし園子は、千代子がさし出した手に抱かれようとしなかった。園子は千代子をじっと見詰めていた。さし出した手が母のほんとうの心から出たものかどうかを疑っているようであった。

千代子はもう我慢ができなかった。園子を抱き取って力いっぱい抱きしめたかった。その気持が千代子の全身に燃え上って来るのを見た園子は、なにかたじろいだような顔をした。園子は両親に似て、つぶらな大きな眼をしていた。その眼で、彼女を抱き取りにかかっている千代子の動きを眺めていた。千代子は園子を抱いた。久しぶりに抱いたわが子がわが子ではないように重くて、固かった。それは、園子が抱かれようとしているのではなく、むしろ、抱かれていることに迷惑を感じているからだった。なにかしらそこにぎごちないものがあった。

「どうしたの、園子、お母さまはあなたに乳を上げるというのに」

千代子は胸を開こうとした。園子の手が軽く千代子の胸を突いた。

「いや……」

園子の口から意外なことばが出た。ことばと共に園子は、千代子の膝から逃れようとしてばたついた。赤い顔で一生懸命に逃げようとする園子にあきれて、千代子が腕の力をゆるめると、園子は、千代子の腕からするりと抜けて、糸子のそばを駆けぬけて庭の方へ行った。

「園子はまだ幼い、……さあ、園子がいないあいだに、ここを出るがいい」

園子のあとを追いかけて行く糸子のうしろ姿が消えると、只圓が厳粛な声で云った。

「でも園子は……」

園子とこんな別れ方はいやだと千代子は云いたかったが、只圓が席を立つと、人々はいっせいに席を立って玄関へ向った。千代子は人々の波の中に巻きこまれるように梅津家を出た。門のところに人力車が数台待っていた。

人力車に乗ってからも千代子は何度か家のほうを見た。母の糸子が園子を抱いて見送りに出て来るかもしれないと思ったのである。人力車は梶棒を上げて走りだした。そのとき千代子は、お母さま行っちゃいやだと泣き叫ぶ園子の声を聞いたような気がした。千代子は顔にハンカチを当てた。自分は園子にとって、ほんとうに悪い母だと思った。園子がお乳を拒絶したとき、もう自分は母ではなくなったような気がした。人力車が博多の駅につくまで千代子は顔を上げなかった。

御殿場駅につくまでの三日間、千代子はいろいろのことを考えていた。

姑のとみ子に園子を連れて来なかったいいわけをどのようにしようか、とみ子からは二度ほど連絡があったが、到のことにひとことも触れてないのが気がかりなことであった。夫の到が千代子のことに全然気がついていない筈はなかった。

到は、園子をつれて東京へ帰った千代子からの、無事着いたという手紙を御殿場で待っているに違いなかった。その手紙がいつまで待っても来ないとなれば、へんだと思って東京へ問い合わせるだろうし、或いは自分で行くかも知れない。十月一日から富士山頂に籠って冬期観測を始めるのだが、その前に一度は東京へ帰ることも考えられた。とにかくいかように考えて見ても、到の耳に千代子のことが入っていないことはあり得ないと判断するのが正しかった。到は、そのことを知ったとき怒ったに違いない。それなら、すぐさま、到らしい力んだ字をぎっしり書きこんだ手紙をよこせばいいのだ。しかし、心待ちにしていたその手紙も来ないところを見ると、到は別なことを考えているかもしれない。

(千代子がなんと云ったって、冬の富士山なんか登れるものではない)

到がそのようにたかをくくっているとすれば心外千万であった。

(ひょっとしたら、ひと月の間にすっかり情勢がかわって、私が富士山へ登ることを、みんなで引き止めようということになったかもしれない)

千代子が女の身であること、気象観測をするということに無縁な存在であること、到の足手まといになることなどを数えたてて、誰か有力者が強硬に反対したら、千代子の登山が拒否される可能性はあった。

「もしかしたら和田先生が……」

千代子は車中でひとりごとを云った。中央気象台の実力者の和田雄治技師が首を左右にふったらどうだろう、首をふるだけではなく、夫の到に、そんなことをさせてはならないと、はっきり云ったらどうなるだろう。父勝良に千代子の登山を引き止めて欲しいということもあり得ることだ。夫から、なんの便りもなかったのは、或いはこのへんの事情によるのかもしれない。

千代子は、和田雄治に彼女の気持を前もって伝えて置くべきだと思った。彼女は和田雄治に会ったことはなかったが、フランス帰りのこの進歩的な学者は、すべてについてものわかりがいいということを到から聞いていた。それならばきっとこの気持が通ずるだろうと思った。

中畑の佐藤與平治には電報で知らせて置いたので、彼は馬を引いて御殿場駅まで出迎えていた。

「ほんとうに御苦労様のことで」

與平治は頰かむりしていた手拭をとって云った。その手拭で、ついでのように、鼻水をふいた。御殿場駅頭には乾《かわ》いた涼《すず》しい風が吹いていた。博多とここでは気候がずいぶんちがうのだなと千代子は思った。

「うちの人は無事頂上へ登りましたか」

千代子はまず到のことを聞いた。

「先月の末に登りました。それで……」

「それで私になにか？」

「はい、それがその、まことに申しにくいことで……」

與平治は恐縮すればするほど腰を低くした。

「登って来てはいけないというのでしょう。そんなことは、初めっからわかっていたことでしょう」

千代子は笑った。到が千代子の登山の心づもりを聞いて反対しないわけがない。それをおし切って登ろうとしているのだと、彼女は、自分自身に、しっかりしなさいと号令をかけていた。

「野中先生も奥さまが登りなさるのは賛成なさいませんでしたが、和田先生がたいへん気分を害されたようでした。真赤な顔をなされて、與平治、いかなることがあっても、千代子さんを山へ登らせてはならぬ。野中君は富士山頂にままごと遊びをするために行くのではないわい、と激しい口調で云われました」

「いつのことですの、それは」

「野中先生が登山する前日、和田先生は見送りのために中畑まで来られたのです」

千代子は頷いた。彼女の顔は蒼白になっていた。和田雄治がままごと遊びということを口に出したことが、ひどく彼女の自尊心を傷つけた。彼女がこれまで、そのことについて如何に真剣に考えて、準備していたのかも知らないで、ただ単に夫のあとを追って山へ登ろうとするあさはかな女としか見られていないことが残念だった。

「和田先生は、奥さまに伝えて欲しいといって、そのほかいろいろのことを申されました」

「いいのよ、いちいち話さないでも。だいたいわかっていますから」

千代子は、そう云うと、荷物を與平治にまかせて、駅の待合室に入ると、そこで和田雄治あての手紙をしたためた。いざ鉛筆《えんぴつ》を取ると、そのとき彼女の心の中にあるような激しい文章にはならなかったが、和田雄治の考え方に対する反発は、要所要所にちゃんと載っていた。


一筆申上候。いまだ御目《おめ》もじは不申上候《まうしあげず》へども、益々《ますます》御きげんよく被遊御座候《あそばされござ》趣《おもむき》、毎度、到より承《うけたまは》りしも、つひつひ、今日まで御無礼《ごぶれい》申上候。到も、常々はいたつて達者には御座候へども、此度一人にては、何分気づかはしく存候に付《つき》、かねて同行《どうかう》たのみおき候へども、一切取用《いつさいとりもち》ゐ申さず。さりながら、万一《まんいち》、病のために、本望を遂げかね候事も候はば、事の関係、容易ならず候に付、強《しひ》て登山致す事に決心致《けつしんいたし》候。尤《もつと》も不意に登り候とも、食物衣服外《ほか》に一人分、かねて中畑（中畑の佐藤與平治のこと）に世話相頼み置申《おきまうし》候に付《つき》、其辺《そのへん》御きづかひ被下間敷《くださるまじき》やう願上《ねがひあげ》申候。私登山の事、見合《みあは》するやう御申聞《おんまうしきかせ》の程《ほど》は、忝《かたじ》けなく存《ぞんじ》候へども、何分《なにぶん》、無余儀義理《よぎなきぎり》にからまれ候事柄《ことがら》に御座候故、思ひ立ちたることのやみがたく、内にて家を守るは、女の道と申す事は、重々存じながら、登山致し候事、さし出がましとの、世のそしりは逃《のが》れ不申候へども、どの道不孝不慈のとがは、もとより、免《まぬ》がれ申さずと、覚悟致候。尚御伺申上《おうかがひまうしあげ》度《たき》は、気象学会に婦人の入会は御差《さし》ゆるしかなひがたきものにや、もしかなひ候はゞ、よろしく、御とりはからひ被下度《くだされたく》候。とにかく、会費相添《あひそ》へ、御願ひ申上候。明朝は是非とも登山致度、彼此取込《かれこれとりこみ》無礼申上候。明年下山、御目もじの上、よろづ御礼可申上《まうしあぐべく》候。めでたくかしこ。

十月九日　　御殿場駅より

野中到妻　千代子

和田雄治様

私、登山の事、見合《みあは》するやう御申聞《おんまうしきかせ》の程は、忝《かたじ》けなく存《ぞんじ》候へども、何分、無余儀義理《よぎなきぎり》にからまれ候事柄《ことがら》に御座候というあたりに、千代子は彼女の毅《き》然《ぜん》とした態度を示していた。余儀なき義理とは、彼女自身の気持や博多の両親、東京の両親のことすべてを云っているのであった。いまさら、引込むことができますか、という彼女の抗議の姿勢がその辺にはっきりと現われていた。

千代子が、その手紙の最後に気象学会入会のことを和田雄治に依頼した気持の底にあるものは、洋行帰りの進歩的学者と云われている和田雄治さえ、女性を一段と下の位置に見ようとする態度に納得できなかったからである。いかなる学問の会であろうと男性だけのものではないだろう。女性が学問に参加してなぜいけないのだ。彼女はそう叫びたかったのである。

千代子が御殿場についたという電報を受取った野中勝良は、その夜おそく、中畑の與平治宅を訪れた。千代子を説得して、東京へ連れ帰るつもりだった。だが、園子を博多に残して、登山のための万端の用意をしてやって来た千代子に東京に帰れとは云えなかった。

「たいへんだったな、千代子」

勝良は嫁の千代子というよりも姪の千代子に対する気持でいたわりの言葉をかけてやった。話が博多の梅津家のことになり、一カ月の間、すべて富士登山の用意のために過して来たことを千代子から聞くと、尚更、富士山へ登ってはいけないと云えなかった。一度は登ってもいいと手紙で云ってはやったが、その後和田雄治の強い反対があって状況がかわったことなど、くわしく話すつもりだったが、それが口に出なかった。

「しかし、園子がよく承知したな」

勝良が孫の園子のことにひとこと触れると、千代子は涙を浮べた。

「お舅《とう》さま、園子と水杯《みずさかずき》までして出て来た私に、和田先生は登ってはいけないとおっしゃるのでしょうか」

千代子の方からそう出られると、勝良はかえってつらい立場になった。

「和田先生は一般的な考え方をしておられるのだ。到の今度の富士山頂冬期観測は、中央気象台の依託を受けて行なわれる公的な仕事である。そのために、到は中央気象台嘱託の辞令を貰っている。つまり形式的には、到は国から委嘱されて、富士山頂に籠って気象観測をするというたてまえになっているのだ。すべて和田先生の配慮だ。そうして置けば万が一のことがあっても、到の行為は無にはならない。ところが、そこへ千代子が行くとなると、ことはいささか面倒になる」

「なぜなのですか、私が女であるから、中央気象台嘱託にはなれないのですか。女だから、富士山頂にこもって、夫を助けて気象観測をしてはならないというのですか。私は気象観測がどんなものか、到さまに話を聞きましたし、本を読んでも見ました。気象学はむずかしい学問ですけれど、気圧や気温や風向風速を観測することは、それほどむずかしいことだとは思いません。器械がやることを、書きとめることぐらい、女の私にもできます。お舅《とう》さま、私が到さまを助けるために富士山へどうしても登らなければならないと決心したほんとうの理由は、その気象観測のお手伝いをするためですわ。到さまひとりで一日十二回、二時間置きに気象観測をするということになると、到さまは寝る暇がありません。東京の家で、到さまが一週間ばかり二時間置きの練習観測をやっているのを見て、私はこんなことが、二月も三月も続けられるものではないと思いました。まして一冬そんなことできるものですか。到さまはきっと病気になってしまいます。中央気象台の和田先生はそういうことを知っていて、到さまに一日十二回観測などという重い仕事を依頼したのでしょうか」

千代子に、そのように理詰めに云われると、勝良は言葉に窮した。東京控訴院判事という役職にあって、年中、理屈ぽいことを云っている勝良も一日十二回、二時間置きの気象観測がたいへんであることや、その仕事に到一人だけを貼りつけて置くことは、到が病気はしないという仮定に基いたものであり、それこそ非科学的な考え方であると、千代子に云われると返す言葉がなかった。

「お舅《とう》さま、到さまは科学的にすべてを取り運んでいるつもりでいて、自分の身体に対しては、もっとも非科学的な考え方をしているのです。そして、その自分の身体が、今度の場合、一番大事なものであるということを忘れているのです。お舅《とう》さま、富士山頂の野中観測所には、お便所さえ設けてはないのですよ。いちいちおまるで取って外に捨てて、それを消毒してまた使うという厄介な仕事まであるのです」

勝良はそのことを知らなかった。野中観測所が、ぎりぎりに建坪をつめて建てられたことは聞いていたが、便所がないとは初耳であった。

「到さまは、私が行くと足手まといになるものと考えておられるようですが、それはたいへんな見当違いというものですわ。到さまは、男であるがための見栄《みえ》を張りすぎているのではないでしょうか。到さまには私という協力者がほんとうに必要なんですわ」

千代子を引き止めにやって来た勝良は、時間がたつに従って、かえって千代子に説き伏せられる恰好になった。

夜が更けると冷えて来る。虫の声は聞こえなかった。勝良はずっと遠くから聞こえて来る風の音を気にしていた。與平治が天気が変る前には、きっと山の音がすると云っていたことを思い出していた。天気が変ってほしくなかった。富士山はもう冬の季節に入っていた。初雪が降れば、千代子の登山は困難になるのだ。

8

千代子は、御殿場駅まで舅の勝良を送って行った。駅に着く少し前から雨になった。

「雪にならねばいいが」

と勝良はふりかえって云った。雲に覆われているので、富士山は見えなかった。十月も、半ばになろうとしているのだから、御殿場が雨だと、当然、富士山の頂近くでは雪が予想された。雪が降れば、これから登ろうとする千代子はたいへん苦労することになる。雪にしたくはないという、勝良の気持がそのまま出たのであった。

雨はそれほど強くはなかった。どちらかと云えば、秋霖《しゅうりん》を思わせるような、陰気な降り出し方だった。千代子にはむしろ、そのような長雨になることが心配だった。でも、千代子は、天気のことはさほど気にはしていないような素ぶりで
「お舅《とう》さま、この雨は御厨屋《みくりや》の私雨《わたくしあめ》と云って、すぐ止む雨でございます」

御厨屋とは神に供える食物を調《ととの》える建物のことで、転じて、その食物を調達する土地をさすようになった。この地方では古来浅間神社の社領一帯が御厨屋と呼ばれたのであ

る。御厨屋の私雨というのは富士山という巨大な山塊周辺に起る局地性の降雨現象を総称して云ったものである。

「そうか、御厨屋の私雨か」

勝良にはその意味はよくわからなかったが、わたくし雨という云いまわしが面白くて、つい微笑を浮べた。

千代子は汽車を待っている間、ときどき思い出したように

「東京に帰ったらお姑《かあ》さまによろしくね、ほんとうに御心配ばかりかけてすみませんでしたとお伝え下さいまし」

と勝良に云った。云えば気が済んだ。が、すぐ千代子の頭の中には、怖い顔で、じっと自分を見詰めている姑のとみ子の顔が思い浮ぶのである。おそらくとみ子は、中央気象台の和田雄治が反対していると聞くと、それ見たことかと鬼の首でも取ったような勢いで、千代子の登山計画に正面切って反対を示し、勝良には、なにがなんでも、千代子を東京へ連れて帰れと云ったに違いない。そんなことを云ったって、お前自ら、千代子あての手紙の中に、登山を許すと云ったのではないかと勝良が云うと、あのときはあのとき、今は情勢が変ったのです、お役所がいけないと申されているのではありませんかと、和田雄治の反対意見を表面に出して、勝良に食い下がっているとみ子の、話しぶりまで見えるような気がした。

「ほんとうに、お姑《かあ》さまによろしくね」

同じことを千代子が、何度も何度も云うので勝良にも、千代子がとみ子に気兼ねをしている気持がよくわかった。

「とみ子のことはそんなに気にしないでもいいのだよ。それよりも、千代子、身体のことはくれぐれも気をつけてな」

嫁にたいする言葉というよりも、姪の千代子に対するいたわりの言葉だった。

舅を御殿場駅に見送った千代子は、町で、到の好きな山葵漬《わさびづ》けを買った。雨は彼女がさしている傘にあたって、音を立てるほどの強さになっていた。私雨ではなくなったようであった。

「困った天気になりましたな」

中畑に帰ると、與平治が、軒下に立っていた。雨樋を伝い落ちる雨水が、千代子と與平治の間に浅い溝を作って流れていた。

「たいしたことはないわ。それにあたたかい雨だから」

千代子はあたたかい雨だから、山では雪にはなるまいという希望を述べたのだが、與平治は、すぐそれには乗っては来ずに
「雪沓でも用意して置くかね」

と云うと、彼は物置から、藁束《わらたば》を出して、雨の中を水車小屋の方へ行った。水車小屋

でその藁をたたいて、やわらかくして、彼女のために雪沓を作るつもりのようであった。ここでは雨だが、お山では雪だよと、與平治に宣言されたような気がした。雪なら雪だっていいわ、どうせそのつもりでいたのだから、と千代子は、もう一度、彼女の服装を整えて見るのであった。

雨はその日のうちに止んだ。夕刻ごろから風が出て、一晩中音を立てた。

「今日一日、吹くだけ吹けば、明日はいい天気になる」

與平治が云った。富士山ははっきり見えだした。予期していたとおり頂上近くは真白くなっていた。間もなく七合目あたりから上は雲とも、雪煙ともわからない、もやもやとしたものに隠されてしまった。與平治が、明日はいい天気だと云ったのは、明日は、この風もおさまり登山日和になるだろうとの願いであった。

「私と一緒に登って下さる人の都合はつきましたかしら」

千代子は同行者のことを訊いた。與平治は、おれにまかせてくれと云ってはいるが、適当な人が見つかるだろうか、お山に雪が降ったとなれば、近づく者はなくなると聞いていただけに千代子は不安だった。

「なあに、奥さま、そんなことは心配しないでもいい。ちゃんと手配はついていますから、奥さまはなんにも持たずに、空身《からみ》で、すいすい登っていただけばそれでいいのです」

與平治は笑った。歯の抜けた與平治の口の奥に、わざとらしい虚勢が見えた。その日の夕刻ごろになって、ようやく千代子の同行者が決った。佐藤與平治の本家の五郎と云う青年と、三合目の石室小屋の主人の重三郎であった。

與平治が千代子の同行者をはやばやと決めて置かなかったのは、與平治の思惑、というよりも配慮であった。

千代子は彼女の登山をひたすらに隠した。

野中到は中央気象台嘱託の辞令を貰い、富士山頂における冬期気象観測は政府の依託観測として正式に認められた形になっていた。嘱託という肩書きであっても、この場合は官吏と見なされるべきであり、富士山で気象観測をしている間は中央気象台の命令に従わねばならない、身分上の制限があった。千代子を滞頂させるならば、あらかじめ、その理由を述べて中央気象台の許可を得るのが当り前なことであった。その手続きを取らないで、無断で千代子が富士山に登ったということになれば、中央気象台の心証を害することは間違いないと考えられた。千代子はそれを覚悟していた。千代子が頂上に着いてしまってから、中央気象台でなんと云おうが、思おうが、そんなことはかまわない。妻として夫を助けたいという彼女の一念はやがてわかって貰えるだろう。しかし、登山する前に、この計画が新聞に出た場合、中央気象台としては放っては置かないだろう。なんらかの方法により、千代子の登山が好ましいものではないことを表明するだろう。

そうなったらもう登れないのだ。彼女はそのときのことを恐れていた。もうひとつ彼女が心配していたことは、このことが、世人に売名行為だと誤解されることだった。それは彼女にとって耐えがたいことだった。千代子は、彼女が富士山に登ることを誰にも話してくれるなと與平治に何度となく頼んでいた。與平治もそのことを知っていた。せまい村のことだから、人の動きはすぐ知れる。千代子が冬の富士山に登るとひとことしゃべれば、一夜の間に村中に知られてしまう。秘密は保ちがたいのである。

與平治はいよいよ明朝登山と決った夜になって、彼の親戚筋にあたる重三郎に頼みに行った。彼は三合目の小屋の主人だから、もし天候が変ったときには、彼の小屋に逃げこむことも考慮したのである。本家の五郎はたくましい青年で、野中観測所設立のときには何度か登山したことがあった。

五郎は若者だから、多少の危険はあっても、そのことがらが、彼を奮起させるに充分だったのですぐ承知したが、重三郎の方はすぐにはうんと云わなかった。その年の富士山の初雪は九月の九日だった。十月十日の降雪を合わせると既に頂上には四回も雪が降っていた。重三郎は彼の小屋までなら登れるが、頂上までは無理だと判断した。氷雪が頂上を覆ったとき、富士山頂には神々だけが宿り、近づくことのできない聖地となるのだと彼は考えていた。

しかし、その重三郎も、與平治の熱心な説得によって終《つい》に承知した。

「奥さま、明日の朝はここに五時に集合して、どんなに遅くとも六時には出発だ」

與平治が千代子に告げた。千代子は與平治の好意に感謝した。二人の屈強な案内人が従《つ》いてくれたら、成功は間違いないと思った。

千代子は、夕食をはやくすませて机に向った。御殿場から和田雄治あてに手紙を出したのは九日である。和田雄治は彼女の手紙を読んで、彼女の心が変らないのを知ったに違いない。今日は十月十一日である。和田雄治からはなんの音沙汰もないということは、無視されたのか、やれるものならやって見ろと嗤《わら》っているかどちらかだった。

(私がしようとしていることが、ままごと遊びか、そうでないか、これからの私の行動をよく見てから云って貰いたいものだ)

千代子はそのような意味の手紙を和田雄治あてに書き残して富士山頂へ発《た》ちたかった。フランス帰りだと云いながら、女性を蔑視することにおいては、従来の日本人の男といささかも変らない和田雄治に、思う存分のことを云ってやらないと気がすまなかった。

千代子が机に向ってしばらくすると、表で到の弟の清の声がした。

「姉さんのお供《とも》に来ましたよ」

学生姿をした清は笑っていた。千代子は義弟の顔を見ただけで、涙が湧いて来そうだった。

「なにかあったの」

千代子は、声をきつくして、くずれようとするその場の気持をおさえた。

「お母さんが、どうしても行けって云うんだ。たとえ、案内人が幾人いたところで、他人は他人、身内が一人ついて行けばお嫂《ねえ》さんの気も楽になるだろうって、お母さんは聞かないんだ」

「そうなの」

千代子は、不覚にも涙を見せた。姑のとみ子の気の配りようが、彼女の胸を衝《つ》いたからであった。登ると決ったら、なんとかして成功させたいという気持と、嫁を、たとえ登山だからと云って、他の男たちにまかせて置くことの世間体《せけんてい》や、なによりも千代子が女性であるということを強調した考えかたの底から生れる、清の同行が、千代子にとってどんなに心強いかを考慮した上でのとみ子の心遣いが、痛いように胸にしみた。

千代子は清が一緒に登ると聞いただけで、雪中登山はもう半ば成功したように感じた。千代子は書きかけた手紙を丸めて捨てた。誰がなにを云おうが明日は富士山頂に向うのだ。そして、おそらく明日のうちに夫の到に会うことができるだろう。

明治二十八年十月十二日の朝は薄靄《うすもや》に覆われていた。千代子を中に挟んで、四人は中畑の佐藤與平治の家を出ると、真直ぐに登山道に入って行った。與平治とつるが途中まで送った。家を出て直ぐ村人に会った。お揃いで、どこへ行くのだと、村人は與平治に訊いた。道で会うと、何処へ行くのだとお互いに行先を確かめ合うのは長年の習慣だった。與平治は困ったような顔をした。隠しようがないという顔を千代子に向けると、千代子はその村人の前に歩み寄って、

「重三郎さんと五郎さんに案内して貰って、富士山へ登ります。今日の夕方には、うちの人がいる剣ヶ峰の野中観測所に行きつく予定です。そして、私がお山から降りて来るのは来年の春になるでしょう。みなさまによろしくね」

村人は、ひどくびっくりしたようだった。頬かぶりしていた手拭を取ると、つづけさまに三つ四つ、おじぎをすると逃げるように去って行った。そのときが千代子の富士登山に関する最初の発表であった。これ以上隠せといっても、隠しおおせることではなかった。ここで発表しても、千代子の登山のことが新聞記者の耳に入るのは、一日か二日遅れるだろう。たとえ、今日中に知られたとしても新聞記者は追っては来られない。千代子は晴れ晴れとした顔をした。彼女が頂上に着いてしまってから、なにを書かれようが、かまわないと彼女は思っていた。

草鞋《わらじ》を履き、脚絆をつけ、金剛杖を持った普断着姿の千代子の姿は、季節はずれであるという以外は一般の富士登山客の服装と特に違ってはいなかった。彼女が博多にいる間に苦心した下着は外部からは見えなかったし、襟に毛皮のついた羅紗の外套は、五郎

の背負っている荷物の中に入っていた。

千代子の足は一見遅いようであったが、中畑を出たときから、ずっと変らない速さだった。一時間ほども歩いて、重三郎が一服しようと千代子を見たとき、千代子は、もう休むのかといったような顔をしていた。呼吸も乱れていないし、汗もかいてはいなかった。重三郎は千代子が意外に足が達者なのに驚いた。太郎坊までの森林地帯は紅葉に彩られていた。その時分に登山路を登る人も降りる人もない。森林の中に小鳥の声だけが聞こえていた。

千代子は太郎坊のちょっと下で、紅葉の小枝を折って、彼女が斜めに背負っている風呂敷包みの結び目にさした。到への土産にするつもりだった。

森林地帯を出て、太郎坊から砂地の道に入ると富士山の全貌が見えた。ずっと高いところに雪に覆われた頂上が、怖ろしいように静まりかえっていた。彼等は三合目で昼食をした。その辺には、まだ夏の名残りの草鞋が捨ててあった。

三合目を過ぎると風が強くなった。頂上の方を見ると飛雪が稜線に沿って舞っていた。千代子にはそれが雲のように見えた。雲ではなく、雪が風に吹きとばされたのだと聞かされて、彼女は頂上の寒さを思った。

三合目に来るまでの間に、千代子の足が、誰にもおとらないほど達者なことがわかると、男たちは、千代子のことを心配せずに、五郎、重三郎、千代子、清の順序で、高度を稼ぎ取って行った。五郎にしても重三郎にしても、頂上近くの雪や氷のことが一番心配だった。とても彼等の手に負えないような場合は引き返すことも考えねばならなかった。そのためにも、時間的余裕は欲しかった。彼等はほとんど無駄口はきかずにせっせと歩いていた。

七合目で千代子ははじめて雪を見た。風当りのいいところは吹き払われ、凹地にはぎっしりつまっていた。風が急に冷たくなった。

「このへんで足ごしらえをしよう」

と重三郎が云った。小屋の陰で、風をさけながら、荷物の中から與平治が作った雪沓を取り出して千代子に履かせた。五郎は彼の荷物の中から、彼女の外套を取り出した。雪沓を履き、外套を着ると、いよいよ富士山に来たなという感じがした。彼女は、彼女の背負っている風呂敷包みの中から、手袋と、かぶり物を出した。真綿を中に入れて作った頭巾をすっぽりかぶると、一時的に風の音が消えたように思われた。毛糸の手袋をすると、もうどこも寒いところはなかった。頭巾に馴れると風の音が以前と同じように聞こえるようになった。

「奥さま足もとに気をつけて下さいよ。もし滑るようなら、雪沓にかんじきをつけるでね」

重三郎が云った。雪が吹きとばされた尾根を歩いているかぎりでは、雪沓で大丈夫だったが、ところどころ、雪が吹きとばされて、鏡のように磨かれた氷があった。そういうところを通るときは、あまりいい気持ではなかった。

千代子は登るに従って、眼下に芦の湖や、山中湖が輝き出し、そして、駿河湾の海の広さが確かめられるほどの高さまで登ると、意外なほど安易に、そこまで登って来られた自分を不思議に思うのであった。

雲が出て来て視界が閉ざされたのは、八合目につくしばらく手前であった。夏道は、そこから尾根をよけてぐっと大きく左の沢に入りこむようになっていた。そこから上は雪と氷がずっと多くなってはいるが、まだ夏道がかくれるほどにはなっていなかった。重三郎はかんじきを出そうかと、一時は思ったが、その鉄のかたまりのようなものを雪沓の下につけた場合の、千代子の苦労を考えて、着用の機会は延ばせるだけ延ばしていた。

氷雪はそれほどではなかったが、八合目にかかってからの風は、しばしば一行を岩の陰に釘づけにするほど強かった。風の方に顔を向けると呼吸ができなかった。風が強くなると寒さが身にしみた。風に吹きさらされていたら凍えてしまいそうだった。案内者たちが急ごうとする気持が千代子にはよく通じたが、そのころから千代子は疲労を覚えた。やはり富士山と背振山ではスケールが違いすぎた。背振山で足をきたえたのも、暴風化した富士山では通用しないようであった。彼女は一歩一歩足を引き摺るようにして登った。

「奥さま、頂上はすぐそこですよ」

重三郎や五郎がかわるがわるに声をかけては来るけれど、深い霧で、どこが頂上やらわからなかった。呼吸が苦しく、あぶら汗がにじみ出た。羅紗の外套を通して寒さが身にしみた。

いざというときのために重三郎は縄を用意して来たが、縄で引っぱるほど千代子は疲労困憊《こんぱい》におち入ってはいなかった。

「五郎、お前一足先に行って野中先生に奥さまが来たことを知らせてくれ」

重三郎が云った。野中到が途中まで迎えに来れば千代子は元気がでるだろうと重三郎は思ったのである。しかし、千代子は五郎を先にやることを承知しなかった。そのようなことをすると、到をびっくりさせた上にきっと不機嫌にさせるだろうと思った。

千代子は非常にゆっくりではあったけれど一歩一歩を確実に踏んでいた。

突然眼の前の霧がはれて、銀明水の鳥居に夕陽《ゆうひ》が当って光っているのが見えた。千代子はその美しいものを見ていると身体の奥深いところから、新しい力が湧いて来るように感じた。

千代子は頂上に立った。浅間神社に礼拝して、その裏側に出ると、剣ヶ峰が夕陽に輝いていた。野中観測所の屋根の一部が光って見えた。噴火口をへだてて呼べばすぐ答えが戻って来そうなところだった。

　富士山は頂上だけを残して、雲に包まれていた。八合目あたりに雲海が接していた。風は頂上に出ると、さらに強くなったようだった。四人は風の方に身をかがめて一列になって歩いていった。剣ヶ峰はすぐそこに見えていても歩くとなかなか遠かった。剣ヶ峰への最後の登りは、三歩進むごとに呼吸を整えねばならなかった。千代子は、夫の驚きと、そして怒りに対してなんと云うべきかを歩きながら考えていたが、すぐそんなおろかなことを考えるのは止めた。夫が怒って、すぐ山を降りろと云ったところで降りないと云えばそれまでだった。降りたくないという彼女を無理矢理追いおろすことはできない相談だった。後頭部に僅かながら頭痛がした。頭の中がぼうっとした。頂上はほとんど雪に覆われていたが、風当りのいい稜角は岩が露出していた。その岩がなんとなく黄色っぽく見えたし、雪や氷もうす黄色に見えた。なぜそんな色をしているのだろうと思った。軽い高山病にかかっていることには気がついていなかった。

　風が強いので千代子は、最後の登りは這うようにして登った。どっちみち、もう一息のところに夫はいるのだ。

　それにしても夫はなぜ小屋から顔を出さないのだろう。一行が頂上に出て、かれこれ三十分か四十分はたっていた。その間夫が小屋から一度も顔を出さないということは――夫は病気でもしているのではないだろうか。それが気になり出すと、彼女はそのことばっかり考えていた。

野中観測所のまわりには雪や氷がついていたが、雪や氷に閉ざされているといった状態ではなかった。

「煙が出ているぞ」

五郎が叫んだ。煙突から出た紫色の煙が、風に吹きとばされて四散していた。夫はいるのだ。千代子は最後の力をふりしぼった。

野中観測所は石垣の中に眠っているようだった。窓と入口だけを残して、石で固められていた。

四人は野中観測所のすぐ下で勢ぞろいした。重三郎は、千代子を真先に小屋へ入れることを考えているようだった。

どうぞお先にと、重三郎が眼で合図をしたので、千代子は先に立った。小屋の戸口へ行けるように、石を積みかえて道ができていた。その石と石の間に雪が吹きこみ、それが昼の日射で溶けて、夜の寒さで凍っていた。石と石を氷でかためた豪華な道を歩いていながら彼女は、どこでもいいから、ちょっとだけ顔を直すところがあったらと考えた。久しぶりで夫に会えるのだと思ったとたんそんな気持が動いたのがおかしかった。顔を直すどころか、真直ぐ立って歩くのは危険なほど強い風が吹いていた。風が岩と岩の間を吹き抜けるときに創り出す、異様な音が連続していた。

その六坪の小屋はあまりにも小さかった。坪数のことは知っていたが、現に来て見て、千代子はあまりに小さいのに驚いた。千代子は戸口の前に立った。重三郎が千代子にかわって、戸を叩いた。

戸はすぐには開かなかった。中に人がいるかどうかも外からではわからないし、外の風音が強いから、小屋の中の物音は聞こえなかった。五郎がかわって戸を叩いた。前よりも激しく叩いた。戸ががたがた動いて、黒い空洞があき、そして髯面《ひげづら》の男がぬっと顔を出した。野中到だった。

到はまぶしそうに眼を細めてそこに立っている千代子を見ると、一瞬どきっとしたようであった。呆然とした顔で、しばらく千代子の顔を見詰めていた。なんの感動も見せなかった。冷淡な男に見えた。人前もあるので、わざとそんな他人行儀な顔をしているようにも見えた。到は同行して来た三人の男たちが誰だかを確かめると

「さあ、中へ入れ」

と云った。それまで千代子は一言も云わずに到の顔を見詰めていた。髯が不潔っぽく見えたし、顔の色がよくなかった。いくらかむくんだようにも見えた。滞頂生活を始めて、まだいくらもたっていないのに、到の顔に疲労の色が浮んでいることは千代子に不安を与えた。

四人は、身をかがめて一人ずつ小屋の中に入った。四人が小屋に入って、戸を閉める

と、そこにはもう風は入りこんでは来なかった。温かだったが、暗かった。二坪ばかりの居室の中央にストーブが赤々と燃えていた。それ以外にはなにも見えなかった。たった一つの光取りの窓からさし込んで来る光は部屋の隅々にまでは達しなかった。千代子はその穴蔵のような暗さに息を呑んだ。

到はいそがしそうにたち働いた。ストーブの上に置いてある薬罐《やかん》の湯で茶を入れてくれた。四人は熱い茶を飲んでやっと正気を取り戻した。

「野中先生、奥さまの足の達者なのには驚きましたよ。この季節に一日で登って来たのですから偉いものです」

重三郎が云った。それが挨拶だった。

「明日も天気はいいだろう。今夜はゆっくり休んで、明日は早々に降りるんだな」

到は千代子に向って静かに云った。怒っている様子はなかったが、千代子をここに止めるつもりはいっさいないようであった。

千代子の口が僅かに動いたがそれは言葉にはならなかった。どうせそのうちわかることだ、いま夫と云い争うことはやめようと思った。身体があたたまって来るにしたがって、頭痛がはげしくなった。咽喉《のど》がかわいた。千代子はしきりに茶を飲んだ。

9

二坪の部屋に、五人が寝るのだから、充分に足を延ばして眠るというわけにはいかなかった。部屋の中央にあるストーブを取り囲むようにして、絨毯《じゆうたん》の上に毛布をかぶってのごろ寝である。寝る前に、到がストーブにいっぱい木炭を入れて置いたから、部屋の中は寒いことはなかったが、なにしろ、狭いことと、二時間置きに到が気象観測のために起き上るので、それが気になって、千代子はほとんど眠れなかった。

野中観測所は南側の二坪の部屋に続いて、二坪の薪炭室、そして北側の二坪の器械室の三部屋を含めて六坪であった。薪炭室は天井まで薪炭や食糧の入った箱が積み上げられていて、人が入りこむ余地はなかった。北側の器械室は寝ようと思えば、二、三人は寝る余裕はあったが、火の気がないので氷室《こおりむろ》のように寒かった。

千代子は、南側の居室の東側の隅に設けられた、二段ベッドの下段に寝ていた。上のベッドにいる到は観測時間が来ると起き上って、小型提灯《ていとう》のローソクに火を点じ、北側の器械室へ行き、戻って来ると部屋の隅に置いてあるテーブルに向って、観測記録の整理をし、それからベッドにもぐりこんだ。二時間に一度と云っても、観測時間を中心にして、三十分ほどは起きているから、ほとんど寝ていないと同じであった。

（こんなことをして身体がつづく筈がないわ）

千代子は、到の顔が、不健康にむくんでいるのは、寝不足のせいではないかと思った。一日十二回観測などと、無理な仕事を、夫におしつけた気象台の和田雄治技師はいったい、どんな人であろうか。フランス帰りの大学者かもしれないけれど、学問のことだけが頭にあって、人間のことなんか、ちっとも考えようとはしない冷酷な男ではないだろうか。だから、千代子の登山に対してもままごと遊びだなどという非礼な言葉を使って非難したのだろう。

千代子の頭痛は時間が経過するに従ってはげしくなった。後頭部が、ズキン、ズキンと音を立てて鳴るような痛みだった。頭痛のことだけを考えていると、やがて眠たくなってうとうとするけれど、すぐ到の出たり入ったりする音で眼が覚めるのである。千代子だけではなく、清もそうだし、五郎もそのようであった。重三郎一人は鼾《いびき》をかいていた。

千代子の頭痛は夜が明けても続いていたが痛みはいくらか収まったようであった。頭が全体的に重く、顔がなんとなく熱っぽいようなはれぼったいような気がした。

重三郎が起き上って食事の用意にかかった。ストーブの上に鍋をかけて、薪をくべてまず飯を炊き、同じストーブに別の鍋をかけて味噌汁を作るという、まことに手数のかかる食事だった。飯には芯があるし、味噌汁の実《み》は、大根の切り乾《ぼ》し、おかずは、ストーブで焼いた干鱈《ひだら》であった。

「午後になると風が強くなるから、なるべくはやく下山したほうがいいだろうな」

到は、味噌汁にしか手をつけていない千代子に云った。

「あなたと来年の春までここにいるつもりで登って来たのですもの、あなたがなんと云っても、私は下山いたしません。このことは、東京の両親さまも博多の両親もおゆるしになったことですから……ねえ清さん、そうでしょう」

と千代子は清に救いを求めた。いちいち自分が釈明するより、弟の清にその間の事情を云って貰ったほうが効果的だと思った。

「そうだ、ぼくも、お母さんの云いつけで嫂《ねえ》さんを送って来たのだから、いまさら嫂さんを連れて帰れと云われても困るな」

清は大学生らしく、てきぱきとしたものの云い方をした。

「富士山というところは、下界で考えているようなところではない。ここはおそろしいところだ。まだほんとうの冬にもならないうちに、そして、ここに来てから一カ月とはたたないうちに、おれはそのことをつくづく見せつけられた。ここは女が居られるところではないのだ」

到は千代子に山のおそろしさを云いふくめようとした。

「そのように怖しいところだから、尚更のことあなたをひとりで置くわけにはいかないのです。ここで一冬過すには、協力者が必要なんですわ」

到はなにか云おうとしたが、重三郎や五郎の前で大きな声をあげるのも気がひけると思ったのか、しばらく考えこんだあとで重三郎と五郎に云った。

「あなたがたは一足先に下山して貰うことにして、千代子と清は今日一日は此処にいて、明日下山させることにしよう」

そう決れば、一刻でも早く、山を降りたいのが重三郎と五郎の気持だった。彼等は朝食を終ると、昼食用の弁当を持ってさっさと山を降りて行った。

到と千代子と清はストーブを囲んで坐った。到から、博多に残して来た園子のことを訊《き》かれると千代子は、きのう、此処に着いたばかりに話したことを、もう一度くわしく話して
「園子は母にすっかりなついてしまって、私が居ても居なくても同じようでしたわ」

と、云うと、到は想像もしていなかったほどの、おっかない顔をして
「だから、園子にとってお前が必要ではないということはないだろう。お前は園子の母親じゃあないか」

と云った。千代子は到に向けていた眼をすぐ伏せた。園子を置いて来た母親の気持が

どんなものか、到にはわからないのだろうと思った。話はちょっとの間中絶されて、すぐ、御殿場に戻った。

千代子の電報を見た勝良が、御殿場まで、彼女を引き止めに来て、結局千代子を引き止めることができずに東京へ帰った経緯《いきさつ》を聞くと

「しかし、和田先生にお前のことをなんと云って弁解するつもりなんだろう。つらい立場になるぞ、お父さんは」

やはり、到が一番気にしているのは、千代子が富士山に滞頂することを、中央気象台が批判的な眼で見ているということだった。千代子を下山させようというのは、千代子が肉体的にか弱い女性であるからという理由ではなく、和田技師に対する気兼ねだとわかると、千代子は、そういうことに、あくまでもこだわろうとする到の固い頭を笑ってやりたくなった。

「あなたが中央気象台の嘱託であり、野中観測所の気象器械はすべて中央気象台の備品であることを私は認めますわ。しかし、この小屋も燃料も食糧もすべて野中家で調達したものでしょう。中央気象台の御厄介になったものは、これっぽっちもありませんわ。その野中家で建てた家に住み、野中家で買いこんだ物を、野中家の私が食べるのになんの気兼ねや遠慮が要るものですか。あなたは中央気象台の嘱託ですけれど、それだからといって、中央気象台が野中到の私事についてまで干渉することはできない筈ですわ。

お舅《とう》さまが私のわがままをお許し下さったのは公事と私事の区別が歴然としているからだと思います」

嫂さんの云うとおりだと清が云った。

「和田先生が嫂さんの登山に反対されるのは、もし万が一のことがあった場合、兄さんの観測に支障をきたしてはいけないと考えたからであって公的に反対したわけではないと思います。嫂さんのことは、いくら云って聞かせても、云うことを聞かず、とうとう越冬の用意をして登って来てしまったと、兄さんから和田先生に手紙を書けば、それで済む問題じゃあないですか」

清はあっさり云った。

到は清に云われるとそれにまともに反対はできなかった。到はちょっときまり悪そうな顔をした。

「中央気象台のほうはそれでいいとして、千代子の身体が、富士山頂の苛酷な自然に一冬持つかどうかということがある」

私のことですか、と千代子が口を出した。

「あなたと私は全く同じ自然条件に立たされるのでしょう。同じ条件でどっちが永持ちをするかということは、生活環境で決ることではないでしょうか。あなたは、このまま、二時間おきの気象観測を続けていたら、あと一カ月持つかどうかあぶないものよ。どうしてこんなひどい仕事をおしつけたのか私には和田先生の気持がわからないわ」

千代子の最後のことばはかなり激しいものであった。

「和田先生の悪口を云うな。一日十二回観測は和田先生が決めたものではない。おれ自身が、そうすることを希望したのだ」

「それならあなたがおばかさんだというしかないと思うわ。ねえあなた、夜寝ないで身体が持つ筈がないでしょう。私は明日から、あなたと交替して気象観測をやることにします。一日おきにするか、半日交替にするか、とにかく、眠る時間だけは、充分取らないと、お互いにたいへんなことになると思います。もう現にあなたのお顔には疲労の色がかなり濃く出て来ているではありませんか。あなたがさきほど、富士山頂はおそろしいと云ったのは、颪でも寒さでも、孤独でもなく、眠れないから、あらゆることが、おそろしいように、身体にこたえてくるのだと思います。清さん、あなたは、どうお考えになって？」

清は二人の云い分を聞いていた。兄の到が、嫂の千代子にぴしゃりぴしゃりとやっつけられているのを聞いているとおかしかった。清は苦笑を浮べていた。向う気の強い兄も結局、嫂の云うことを聞かざるを得ないだろうと思った。

「それに、お便所の後始末だって、ストーブを消さないようにするのもたいへんな仕事よ。どうしても最低限二人いないと、野中観測所は運営できないと思いますわ」

到は黙らざるを得なくなった。彼にとっていまのところもっともつらいのは、二時間おきの観測だった。睡眠が二時間おきに分断された日が幾日も続くと、頭は朦朧《もうろう》となり、ときどき寝ているのか、起きているのか分らなくなることもあった。食慾はなくなり、全身がだるくなった。

「嫂さんの云うとおりだな。一人で十二回観測を続けることはまず不可能だ。だいいち兄さんが寝こんだら、誰が観測をやるのです。一人で二時間毎《ごと》の観測を一冬続けるなんてことは、もともと人間の体力を無視した無茶苦茶な計画ですよ。どうもそこだけが、兄さんらしくないですね」

清が云った。

「おれらしくない？」

「合理的でないと思います。この観測所の設計にしろ、建設にしろ、相当理詰めな計画を樹《た》てていた兄さんが、自分自身のことになると、大きな誤りをしていることに今やっと気がついたというところでしょうね」

清は云うだけ云うと、あとは夫婦で話し合ってきめろと云わんばかりに、毛布を引きよせてストーブの傍にごろりと横になった。昨夜《ゆうべ》眠れなかったから眠いのである。

「頭が痛いだろう。お前もしばらく横になっているといい。痛いのは今日一日だけで明日になるとずっと楽になる」

到は千代子に云うと、観測野帳《やちょう》（気象観測値を記入するノート）を持って、外へ出て行った。戸を開けたときに冷たい風が吹きこんで来て千代子の顔を打った。千代子はぞっとするような寒さを感じた。彼女は二段ベッドの下段で毛布にくるまった。到が、彼女の滞在を許していることは、もはや間違いなかった。気が強くて、ちょっと見栄っぱりのところのある彼のことだから、重三郎や五郎などの前では、千代子に下山しろと云っても、内心では千代子が来てくれたことを喜んでいるのだと思った。それにしても、きのう、久しぶりで会ったときの、到のあの表情を失ったような顔はどうだろう、きっと、昼夜ぶっとおしの気象観測をしていて、頭がぼんやりしていたのに違いない。千代子は間もなく眠った。頭に鉄の輪をはめられたような痛さがずっと続いていた。

千代子が起きたときには、到は机に向って手紙を書いていた。清はストーブの傍でまだ眠っていた。

「起きたのか」

「はい」

千代子はストーブに掛けてある薬罐の湯を茶碗についで飲んだ。味がない味だった。なんとまずい湯だろうと思った。彼女は水のまずいのは口のせいだと思った。雪をとかした水だからまずいのだとは気がついていなかった。

「少し外へ出て来たら、かえって気持がよくなるだろう」

到に云われて、千代子は外套を着て、出口にある下駄を突っかけて外へ出た。履きにくい下駄で、なにか下駄の裏にくっついているような感じなので裏がえしてみると、駒下駄の歯にそれぞれ、二本ずつ釘が打ちこんであって、その先が二分ほど頭を出していた。千代子はその釘は滑り止めに打ちこんだものだろうと思った。頂上は、雪と氷に覆いつくされてはいなかったが、ところによっては、氷雪に覆われていた。日陰にはかなりの吹きだまりが見えた。なにかにつけて用心深い、到のことだから、このようなことをしたのだと思った。彼女は戸口に出たところで眼を足もとに投げた。足下はほとんど見ることができないほどの急斜面になっていた。野中観測所の下は大沢くずれの絶壁だから、寝ぼけて一歩踏みはずしたらそのままだ、などと到が冗談を云っていたがそのとおりだった。やがて、雪と氷で隙間がないほどに覆われたら、この戸口を出ることさえ、困難だろうと思われた。麓にやった眼を上げると雪をいただいた山々が見えた。聖岳《ひじりだけ》を中心にして城壁のように蜿蜒《えんえん》と連なっているそれらの山々の名を彼女は知らなかった。甲府盆地の向うに八ヶ岳の麗姿が見え、さらにずっと遠くに、穂高連峰が見えていたが、彼女の眼には、ただの山としか映らなかった。山ばっかりで、里はどこにも見えなかった。彼女は野中観測所の南側を廻って、剣ヶ峰の頂上に出た。そこで見た景色の一部は、きのう彼女が登って来たときに見たものだったが、絶頂で眺める気持は別だった。点々と散在する伊豆七島をかこむ海がかぎりない拡がりを見せていた。足の先から冷えて来たので、彼女は観測所に帰った。到と清が、千代子が持って来た新聞を開いて熱心に話し合っていた。

〈京城に大事変起る。大院君、兵を率ゐて王城に入る。閔妃、兇変に罹《かゝ》らせられしものの如し〉

大きな活字が千代子の眼に入った。

「台湾の反乱もまだ制圧されていないのに、今度は朝鮮に政変か」

到がつぶやくように云った。日清戦争が終ったあとは、毎日のように隣国の朝鮮のことが新聞に出ていた。朝鮮の政変を利用しようという日本政府の腹がかなり露骨に見えることもあった。若い清はその日本政府のやり方に、より多くの批判的な言葉を投げかけたいようなそぶりだったが、千代子が入って来ると、入れ違いに外へ出て行った。

「千代子、お前も手紙を書いたらいい。博多の伯母さまはきっと心配していなさるだろう。園子にもひとこと書き添えて置くのだな。このつぎはいつ手紙が出せるかわからない」

千代子はほろりとなった。今朝ほど到を相手に理屈を云っていた自分とはまるで違った自分になったような気がした。到は園子あてに手紙を書けという。別な表現を用いて、彼女の滞頂を認めたのだ。

彼女は頭の痛いのを我慢して、二通の手紙を書いた。一通は博多の両親、一通は東京の両親あてだった。手紙を書き終えると彼女はまたベッドに入った。頭が割れるように痛んだ。夕食にはお茶を飲んだだけだった。

その夜も千代子は眠れなかった。到は二時間置きの気象観測の合間に幾通かの手紙を書いた。ずっと起きていた。

翌朝は霧だった。風もかなりあった。器械室の水銀晴雨計によると、気圧は下る傾向を示していた。どうやら低気圧が近づいて来たようであった。

清は朝食を食べるとすぐ下山して行った。千代子と到は頂上に立って清を見送った。すぐ彼の姿は霧の中に消えた。

到と二人きりになったという気持が千代子の気持を幾分軽くしたが、頭の芯は相変らず痛んでいた。身体中がだるくて、なにか悪い病気にでもかかったようであった。

二人はひとことも口をきかずに観測所に戻った。到が急に黙りこんだのは、その次になにかはげしい愛情の表現が起る前ぶれのように千代子には思われた。二人は一カ月半も別れて暮していた。お互いに求めていたことが、ここでいとなまれるのは、まことに自然であった。ここには二人以外、なに者もいないのだ。彼女は、つつましく、ストーブの傍の茶色の絨毯の上に膝を揃えて坐って、到の声を待った。彼の大きな手が彼女の肩に置かれるのを待った。

ストーブの向うにいる到はじっとしていた。なにを考えているのか、どんな顔をしているのかストーブのかげにいる彼の顔は見えなかった。

到が立上った。こっちへ来るなと思ったが彼女とは反対の器械室の方へ行った。

間もなく引きかえして来た到は

「どうも自記風信器（風向計）がおかしい」

とひとりごとを云うと、部屋の柱にかけてある外套を着て外へ出て行った。帰って来ては器械室に行き、また出て行くという動作をくり返していた。ようやく器械の方が一段落ついて帰って来た彼の顔は霧で濡れていた。凍えている手をストーブであたためている彼の息使いは荒かった。

少しでも身体を動かすと息が苦しいのは彼女も頂上に来て体験したのだが、到の息使いはいささか激し過ぎるように思われた。彼女はきっと彼は身体をこわしているに違いないと思った。

「私にも気象観測を手伝わせて下さい。あなたが一人で夜も寝ないで、続けているのを黙って見ているわけにはいきませんわ」

千代子は、到に問いつめるような云い方をした。

「お前に手伝って貰わねばならないようなときが来るまでは、おれがやる。お前は食事と水とストーブのことをやってくれたらそれでいい」

到はそう云って、まず水のことから説明を始めた。水は天水桶にたまったものを部屋の中の用水桶に移して使っていたが、雪が降ってからは、雪を取って来て、ストーブの上に置いた四角なブリキ罐の中でとかして、それを使った。雪を取って来ることだけでも、風が強い日はたいへんだということを、到は千代子に話してやった。食事はすべてストーブを使った。まず飯を炊いてから、味噌汁か醬油汁を作ることになっていた。おかずは、夏の間に持ち上げた乾物類が主体であった。九月の終りころ、葱《ねぎ》をかなり多く背負い上げて来てあった。

千代子は到の指示を受けながら働き出した。仕事をしていたほうが気がまぎれて、頭痛のことは忘れた。

食糧庫と燃料庫のどこになにがあるか彼女はすぐ覚えこんだ。もともと彼女が中畑の佐藤與平治の建築事務所で手伝いをしていたときに扱ったものであり、特に食糧は彼女が買いこんだものばかりであった。

彼女は第三夜を迎えた。

頭痛はずっと薄らいで、頭が重いなという程度にまでなっている。

「やはり、お前がこしらえてくれたものは旨《うま》いな」

到は、千代子が炊いた飯と、わかめの味噌汁と、鯵《あじ》の乾物と葱との煮付けを旨そうに食べた。千代子も働いたせいか食慾が出て、一杯だけ飯を食べた。水をつぎたして、時間をかけて炊けば芯がない飯が炊けると、到に云われたとおりにやって、初めから成功したので、彼女はいささか得意になっていた。

石油ランプに火をともしてから、二人は風の音を聞きながらしばらく過した。

夜の十時の観測が終って、部屋に帰って来た到はまだ起きている千代子に寝なさいと云った。

千代子は、その夜、初めて寝間着に着かえた。到が観測に行っている間に、顔も直していた。手鏡に映った自分の顔が、いくぶんかむくんでいるのに彼女は気がついたが到には黙っていた。

千代子は寝間着に着かえたが、到は、昨夜もそうであったように、着のみ、着のままで、上段のベッドに上った。千代子はそれを見とどけてから下段のベッドに入った。夫はなぜ上のベッドに行ったままだろうかと思った。なぜ、彼女のところにやって来ないのか千代子にはわからなかった。千代子を嫌っているのでないことは、ときどき投げかけて来る温かい眼ざしが示していたが、あの彼女の心を貫くようなはげしい眼ざしで見詰めるようなことがないのは、到が、たった半月の滞頂で、夫としての義務すら果すことができないほどの疲労状態に陥ったのだろうか。

(いや、そうではない。夫は私をいたわってくれているのだわ。私の疲労がすっかり取れるまで辛抱強く待ってくれているのだわ)

千代子はそう思った。それならば、はやく疲労が取れて、頭痛がなくなって、野中観測所の一員になることだと思った。

彼女は眼を閉じた。

野中到が清に委託して、新聞社に送った手紙の一節が新聞に載ったのは十月十九日であった。

野中至の観測始る

富士山頂に在《あ》る野中至氏より去十四日附を以て社員の許へ来翰《らいかん》あり、之を左に掲ぐ

前略、降雪にて、一時頂上は銀世界となりたるに拘《かゝは》らず、此頃は内院（噴火口のこと）その他凹処に雪の点々散在するを見るのみに御座候、寒気は中々厳敷様《きびしきやう》に御座候、先日登山後、打続き、諸荷物の整頓の為め、殆んど一週間は草鞋《わらじ》を放《はな》たず、寝食の暇も無之《これなく》、又用水の欠乏を慮《おもんぱか》り、顔面を洗はざるが為め、自から黒奴に変性せしかとをかしき事に相覚《あひおぼ》え申候。荊妻《けいさい》儀は、曾《かつ》て説諭を加へ、且《かつ》昨今、已に降雪も有之《これあり》たる事故《ことゆゑ》、断念致したる事と存居候処《ぞんじをりさうらふところ》、一昨日、剛力《がうりき》両三名召連《めしつれ》登山仕《つかまつり》、同人が決心、今は動かし難きに付《つき》、其意に委《まか》せ申候、此上は万事に注意し、首尾よく越年を遂《と》ぐる覚悟に御座候云々。（明治二十八年十月十九日東朝）

千代子が登頂したことが新聞に出たのはこのときが初めてだった。これ以外の新聞に

も、野中到の消息は掲載されたが、千代子のことに触れたのは東朝だけだった。しかし、東朝にしても、千代子の登山を見出しには使わなかった。千代子の登山はまだ世論に反映するには至っていなかった。

同日の新聞に遼東半島還附の代償として、清国よりわが国へ三千万両を支払うことに決ったという報道と、朝鮮における大院君の政権把握に対して露国が武力干渉をほのめかしているという記事が載っていた。

10

千代子はけなげに働くつもりでいたが、つもりと身体の動きとは必ずしも一致しているとはいえなかった。あれもしなければ、これもしなければと思うけれど、思うほどには身体が動かず、執拗《しつよう》につきまとってはなれないだるさと、鍋でもかぶったように重い頭をかかえながら、働きつづけていた。それでも、働き出せば、頭の重いことも身体のだるさも忘れてしまって、食事の支度や、ストーブのお守りや、物置の整理や、糊を作って風が吹きこむ隙間に目張りをするなど、つぎつぎと仕事を作って働いていた。仕事はいくらでもあった。十月の半ばを過ぎたばかりだというのに、一日中零下四度か五度の寒さであった。昼と夜との温度の差があまりないのも富士山頂の特徴だった。

千代子は、数日のうちに、野中観測所の中のことは隅から隅まで覚えこんでしまった。たった六坪の小屋だから、なにをどこにどう置いてあるかはすぐ分った。はっきり内部のことが頭に入ると、彼女は彼女らしく少しずつ部屋の模様がえをして行った。ほんとうに殺風景な部屋なので、なんとか飾ろうと考えてもやりようがなかった。しかし彼女はとうとう野中観測所の中に飾りを持ちこんだ。到は酒を飲まないのにどうしてまぎれこんだか、徳利があった。彼女はその徳利に、山麓から取って来て、コップの中に挿して置いた紅葉の枝と葱《ねぎ》とを活《い》けこんだ。葱の枯れた葉を取り除き、青いところを何本か揃えると、紅葉との対照があざやかで、そのあたりが急に明るくなったようだった。

「ほほう、これはいい」

観測を終えて帰って来た到が云った。到は紅葉の一枝だけでも眼を楽しませてくれたのに、それに葱の緑をあしらった千代子の手際のよさに感心した。

「身体がだるいだろう。顔の浮腫《むくみ》が引けないうちは、さっぱりとはしないものだ。しかし、もうそろそろ浮腫がなくなってもいいころだがな」

到は云った。やはり、千代子には、空気が稀薄な富士山に長く滞在することは無理なのかもしれない。

「私の顔もいくらかむくんでいるようですけれど、あなただってふだんとは違いますわ」

千代子は、彼女の身の廻り品を入れてある箱の中から手鏡を出して、到の顔の前にさし出した。鬚の中で眼ばかり輝いている到の顔と千代子の顔が並んで映った。

「ね、あなただって、いくらかむくんでいるでしょう。気圧のせいだわ」

そうかなと云う到に、そうですよと納得させるとすぐ千代子は、ずっと前から考えていたことを云った。

「私に観測をさせて下さいませんか」

「お前に？　なぜお前が観測をやる必要があるのだ」

「そのわけは、これですわ……」

千代子は、にこっとすると、一度手元に戻した鏡を、もう一度到の顔の前にさし出して、鏡の中の、落ちくぼんだ到の眼のあたりをゆびさして云った。

「寝不足よ。こんなことをしていると、あなたは一冬越さないうちに死んでしまいます。だから、あなたのかわりに、私が昼間のうちだけでも観測をいたします。あなたは夜の観測があるのだから昼は寝ていなければいけませんわ。そのうち馴れたら、私が夜の観測をいたしますから」

しかし、到は、なにをばかなことをという顔で
「お前が来てくれて、雑用を引き受けてくれるし、ほんとうに眠いときは、お前が起してくれるので、安心して、眠れるようになった。これ以上お前に手伝って貰うことはない。だいいち、お前に観測ができるものか」

「私が女だからですか」

千代子はそのとき、きつい眼で到を見た。そういう眼つきをされたことのない到は、あきらかに、それが、自分を非難している千代子の眼ざしだとわかるだけに、そのあと

の継穂《つぎほ》のしようがなくなって、ストーブの上にかけてある薬罐の湯をコップについで飲んだ。味のまったくないまずい湯であった。

「あなたに、ぜひお見せしたいものがあるわ」

千代子は、ふところから、洋紙を何枚か重ねて折って作った、自製のノートを出して、開いて見せた。そこに細かい気象観測値が記入してあった。

「これはいま観測したばかりの数値ですわ。あなたが観測した数値と比較して見ていただけませんか」

到は千代子の観測記録と彼女の顔とを見較べた。さっき彼が定時の気象観測をしたあと、風力計（現在の風速計）の具合を見に外へ出ていた間に観測した記録だなと思った。到が観測するときに千代子がその後をついて廻っていることはよくあった。彼が野帳《やちょう》に記入するのを覗きこんでいることもあった。しかし、一度も、観測方法を教えてくれと云ったことはなかった。その千代子が、どうやって観測をしたのであろうか。千代子の自製の野帳には、数回の観測記録が、その年月日、観測時刻と共に書きこんであった。

到は、彼女がどうやって観測法を覚えたかを知るまえに、まずその観測値が正しいかどうかを確かめようと思った。彼は、彼女が観測した値と彼の観測値とを比較した。ほとんど同じ値を示していた。気温に〇・一度の差があったが、それは読取り誤差の範囲であった。

到が驚いたことには、気圧がちゃんと観測してあった。風向、風速、気温の観測はそうむずかしいことではないが、気圧の観測は、誰にでも容易にできるというものではなかった。見よう見真似で、象牙の針と水銀面を合わせて、水銀柱の高さを読み取ることは、まあまあできるとしても、測定した値に器差補正、温度補正、重力補正を加えるなどということは、気圧というものがどういうものであるか、その物理的意味をひととおり知っていなければできないことであった。

「千代子、お前は気象観測の仕方を誰に教わったのだ」

到は、そう云って、ちらっと頭の中に博多のことを思い浮べた。千代子が九州の実家に帰っている間にどこかの測候所にでも行って、気象観測のやり方を教わって来たのかとも思った。

「あなたから教わったのですわ」

千代子はそう云って、おかしそうに声を立てて笑った。到は更にわからないという顔をした。

「観測の仕方はあなたの後をついて廻っている間に覚えたのですけれど、気象観測に関する専門知識は、あなたが、和田先生から戴いた気象観測という本を何度か読みました」

千代子はちょっと恥かしそうな顔をした。夫の知らない間に夫の本を盗み読みしたことをとがめないでくれと云いたそうな顔だった。

「何度も読んだんだって?」

「はい、東京にいる間にも読んだし、御殿場にいる間にも読みました。温度計の示度を読み取る場合は眼と水銀柱又はアルコール柱の頂とを結ぶ線が、温度計のガラス面に直角でなければならないなどというところも読んだし、気圧計の補正がなぜ必要なのかも読んで覚えました。でも、実際、あなたの観測するところを見なかったら、私ひとりで観測することはできなかったと思います」

到はあきれた。千代子が勝気で怜悧《れいり》であることは知っていたが、こうまで、先の先を読んでいたのだと思うと、いまさら、観測をやってはならないとも云えなくなった。自分の身体《からだ》が、急に力持ちになった千代子の手によって高いところにふわりと持ち上げられたような気持だった。

「あきれたやつだよ、お前は。そういうわけなら疲れたときは交替して貰うことにするか。その前に、ひととおりは器械類の説明をしておこう」

到は千代子を、野中観測所の観測員にすることに決めると、妻にではなく、所長が観測所員に説明するような言葉づかいで、ひととおり観測のやり方と、気象器械について説明して廻った。

千代子は、熱心に見て廻り、質問もした。ときには到が辟易《へきえき》するような問題を出して彼を閉口させた。

到は千代子が彼の助手として申し分がないと分ったときに、肩の重荷が一つおりたような気がした。二時間置きの観測はつらかった。それも、いざというときには千代子に替って貰えると考えただけで気が楽になった。それでも到はなお二日ばかりは、千代子に見習い観測をさせて、そして、その翌日の昼間、到は朝十時の観測が終ってから、観測を千代子にまかせて、六時間あまりぐっすり眠った。眼を覚ましたときはもう日没に近い時刻であった。戸を開けて外に出ると、真赤な夕陽が山の向うに沈むところだった。濃紫色の影となった山並みの手前にできた雲海は、夕陽をうけてバラ色に染まり、富士山頂へつながる光の軸を中心に輝いていた。そこで見る夕陽は水平線に沈む太陽のように大きくは見えなかったが、なんと美しい色をした太陽だろうと思った。そして、静かな、なんと雄大な落日の景観であろうかと思った。彼は千代子を呼んで、外套を着て出て来た千代子と肩を並べて、しばらくはその景色に見入ったままだった。

気象観測の心配がなく、ぐっすり眠ったから、到は気分が爽快であった。その夜の食事も旨かった。

石油ランプに火がつけられて夜になると、千代子はストーブの傍に坐って、その日の日記をつけたり、縫い物をしたりした。そんな千代子の姿を見ていると、到は、ここが富士山頂だということすら忘れてしまうのである。両人の共通の話題は、博多に置いてきた園子のことだった。千代子が、園子との親子別れの水杯のときのことを話すと、到は、思いつめたような顔をして黙りこんでしまうのが常であった。

「もう寝なさい。はじめての観測で疲れただろう」

と到は千代子をねぎらった。

千代子は、ここに来てから、到のいたわりの眼を感じたことはあったが、ねぎらいのことばを直接聞いたことはなかった。もともと到は、心に思っていることでも、ことばや顔にはなかなか出さなかった。その到が、そのようなことを云ったので千代子は、内心驚き、そして今夜の到はいつもの到ではないなと思った。

彼女は到に背を向けて寝間着に着かえた。寝間着のつめたさが身にしみた。もっと寒くなったら、寝間着に着かえることもたいへんだし、つめたいベッドの中に、つめたい寝間着を着て入ったら、すぐには寝つくことができないだろう。そんなことを到に話そうと思ったとき、彼女は、背に到の眼を感じた。到が刺すような視線を彼女の背に向けたままでじっと立ち尽しているのを感ずると、彼女は妻としての、期待に胸がはずんだ。彼女は赤い腰紐の結び目に手をやったままで、近づいてくる夫を待った。頂上についてから十日も経つのに、まだ夫婦らしいことを一度もしていなかった。それはきっと、到自身が疲れていることと、それ以上に、到の千代子に対するいたわりの気持からだろうと彼女は解釈していた。一冬の間、二人だけで此処にいるのだから、そういうことを特に急ぐ必要はなにもなかったが、やはり彼女には、ほんとうに夫婦二人だけになったという愛情の証拠《あかし》が得られるまではどこかに物足りないものが残っていた。

「千代子……」

と到が云った。千代子はとうとうそのときが来たのだと思った。その、押えつけるような呼び方だけで、彼女には夫の要求しているものがなんであるかはっきりわかった。

千代子は黙ってふりかえって、到の燃えるような眼に会うとすぐうつ向いた。

「おれはお前が万が一、ここまでやって来て、二人だけの生活が始まったとしても、禊《みそぎ》の精神《こころ》のままで通そうと思っていた。そのようなつもりにならねば、この一冬を切り抜けることはできない。そのように浅間神社の前で手を合わせ誓ったのだ」

そのようなつもりというのは、禁慾生活をすることを指しているのだなと千代子は解した。ばかなことを、と千代子は思った。夫婦の営みをしないことが、禊の精神というのであろうか。到は富士山に登る前夜とか、浅間神社に行く前夜は、そのことを慎んだ。その敬虔《けいけん》な気持は彼女にはよく理解できた。しかし、その気持を富士山頂まで持ち上げたのは、少々度が過ぎていはしないかと思った。科学の使徒だと自他共に許して、富士山頂の冬期気象観測をしようというほどの到が、浅間神社の祭神が木花咲耶姫《このはなさくやひめ》で、その神様はたいへんな嫉妬《やきもち》やきであり、富士山頂に若い女性が踏み止まると、嵐をおこすなどという俗説をほんとうに信じこんでいるのであろうか。とにかく到は意外に旧式な考え方をする男だと思った。

「さあ、お休み、お前は疲れている」

到はそう云うと、小型提灯《ていとう》のローソクに火をつけて、観測所の外へ出て行った。風力計の電気盤の動きが気になったようだった。到が戸を開けたとき、つめたい、しめった風が吹きこんで来た。外は霧だなと千代子は思った。

彼女は、藁蒲団《わらぶとん》のベッドの上に毛布を三枚重ねて敷いて、三枚の毛布を掛け蒲団がわりに使っていた。掛け蒲団を使わずに毛布を使ったのは、空気の稀薄な富士山頂では重い蒲団に胸を圧迫されると息苦しくなるからであった。彼女は毛布を咽喉《のど》のあたりまで引き上げて、眼をつぶった。あんなことを夫は云っていても、一冬、ここにいるうちには……そう思うと、急におかしさがこみ上げてきた。到のひたむきな仕事への執念がちとばかり気になったが、すぐ彼女は安らかな寝息を立て始めた。

夫婦による昼と夜の交替観測が、軌道に乗ってしばらく経った或る日、嵐がやって来た。降雪はたいしたことはなかったが、風が強かった。気圧はぐんぐん下って行った。

千代子は十二時の観測のとき、いつものように観測野帳を左手に持ち、右手に小型提灯を携《さ》げて、北側の器械室に入って行った。野中観測所は、四方を石垣で包んで、わずかに銃眼のような窓しかなかったから、水銀晴雨計（水銀気圧計）の示度を読み取るには、燈火が必要であった。

千代子は器械室の西側の壁から五寸ほど離れたところに建ててある三寸角の柱に取付けられた水銀晴雨計の前に来て腰をかがめた。提灯の火を当てると、水銀槽の中に、象《ぞう》牙《げ》の針が入っていた。二時間の間に気圧は急激に下ったのである。彼女は水銀槽の下部のねじを静かに回した。ねじを回転すれば水銀槽の水銀面を上下することができるような構造になっていた。水銀槽の水銀面と、槽の壁に固定してある象牙の針の先端が接触するようにねじを調整しておいて、水銀柱の高さの示度を読みとることになっていた。つまり、その水銀晴雨計の下部についているねじは水銀柱の高さの原点の調整装置と考えればよかった。

千代子はゆっくりとねじを回した。非常にデリケートに作られた器械だから、ねじにちょっと触れただけでも、水銀槽の高さが変るほどなのに、ねじを戻しても、水銀槽は下降しなかった。逆に回すと、水銀槽は上り、象牙の針はいよいよ深く水銀の中に呑みこまれた。何度やっても同じことだった。

千代子は眠っている到を起しに行った。到が起きてやってみても、やはり水銀槽に漬かった象牙と水銀槽とを離すことができないのがわかると、彼は首をひねって云った。

「気圧が下りすぎて、この水銀晴雨計では計れなくなったのだ」

到は気落ちした顔をした。夏の富士山の気圧は、気象台員が夏期の間に限って出張して来て、石室小屋で観測した記録があるが、冬の観測資料はなかった。日本ばかりではなく、世界中、どこをたずねても、四千メートル近い高所での冬の気圧を観測した記録はなかった。つまり野中到がしていることは、世界で初めての観測であり、特に気圧を重視していた彼にとっては、その水銀晴雨計が使用できなくなったことは重大なショックであった。

彼は一応は器械の故障ではないかとも疑ってみたが、そうではなく、器械の測定限界を越えて気圧が下ったのであることがはっきりすると、大きな溜息をついた。

四六〇ミリメートルで、その水銀晴雨計は機能を失ったのであった。

水銀晴雨計は前年の夏、頂上の石室小屋で気象台の職員が使用したものを、そのまま、野中観測所に移したのであった。取り付けには和田雄治が参加していた。フランス帰りの気象学者、和田雄治ほどの者がついていて、なぜ、そのような器械を野中到に貸与したのであろうか。それにはフランスから輸入した、山岳用晴雨計であることを示す銘板がついていた。

しかし、この問題が解決するには、更に多年の歳月を要した。後日建てられた富士山観測所の観測記録によると、富士山の全年平均気圧は四七八ミリメートルで、一般に夏は気圧が高く冬は気圧が低い特性を示している。月平均気圧で一番高いのが、八月の四八七ミリメートルであり、月平均気圧で一番低い月は一月の四六八ミリメートルであった。この、夏が高くて、冬が低いという気圧傾向は、平地（例えば東京）の気圧傾向に比較すると逆であった。平地では、一般的に気圧は、夏低く冬高かった。

おそらく、当時一流の気象学者和田雄治にしても、この高地における気圧傾向を予測できなかったのではなかろうか。つまりそれほど富士山の冬期気象観測は物理的に、意味があるものであった。

しかし、到は、使用不可能になるような晴雨計を貸与した気象台の責任を追及するようなことをどこにも書いていない。彼が東京地理学会報告に載せた富士山気象観測報文の中には

コノ際、或ハ臨機ノ手段アルベキモ別ニ予備ノ品ナカリシヲ以テ、憖《なまじひ》ニ姑息《こそく》ノ法ヲ施サズシテ止ミタリ。故ニ四百六十粍以下ニ至リテハ、惜哉《をしいかな》、其正鵠《せいこく》ヲ得ル事能《ことあた》ハザリシ。

水銀晴雨計は、その低気圧が来ている三日間は全然使用することはできなかった。途中で観測記録が切れたのは冬期連続観測という理想の鎖を断ち切ったようなものであった。

到の気落ちした心はそのまま千代子に反映した。千代子は、彼女が観測中に起きた事故であることをひどく気にしていた。千代子は無口になった。昼間の観測時にも、いま

までのように自信に満ちた眼で温度計や電気盤を覗きこんではいなかった。彼女は、どうでもよいようなことを到に訊《き》いた。特に器械に少しでも異常があると、すぐ到を起した。むしろ神経質すぎるくらいであった。

「水銀晴雨計は私がこわしたのかしら……」

彼女は赤く燃えているストーブを見ながら、そんなひとりごとを云うことがあった。千代子には爪のあかほどの過失もないのだと到がいくら云って聞かせても、千代子はそのことが頭から去らないようであった。千代子の笑いがなくなった。それまで千代子は一日に何度か声を上げて笑った。その笑い声を聞いているだけで到は、富士山頂にひとりでいるのではないという気持になり、千代子のためにも自分のためにもしっかりしなければならないのだと思っていたのに、その千代子の笑いがぷっつり切れてしまうと、心の中のストーブの火が消されたようにもの淋しく感ずるのであった。

千代子の気持を滅入らせることが更に続いた。徳利に活《い》けこんであった紅葉が一度に葉を落としてしまったのである。低気圧が去って、そのあとに強い西風が吹き出して、部屋の中ががらがらに乾いたために落葉したのだとも、落葉すべき、時間的経過の結果だとも受け取れた。たいしたことではないのに、千代子はそれをなにか悪いしらせででもあるかのように取っていた。そのころになって到は、千代子の笑いが止ったのも、紅葉の葉が落ちたような些細《ささい》なことを気にかけるようになったのも、彼女の身体のせいではないかと思った。室内の異常乾燥のために彼女の唇が腫《は》れて、なかなか直らなかった。顔の浮腫は引いて行く様子はなかった。足を引きずるようにして歩く千代子を見ていると、明らかに千代子は健康を害していると見なければならなかった。

「千代子、しばらく観測をやめろ、おれが替ってやろう」

そう云っても、千代子は彼女の仕事を到に譲ろうとはしなかった。

「これがきっと高山病っていうんでしょう。まだ、私の身体は山の空気に馴れていないのだわ。間もなく山に馴れたらきっとよくなる」

彼女はそう信じているようであった。

二時間おきの観測。一日十二回観測を一人でやろうというのは気狂い沙汰だったが、二人でやるにしても、それはたいへんなことであった。昼、夜の交替が順調に繰り返されている間はいいけれど、これで千代子が寝こめば、到はまた二時間おきに起きなければならなかった。眼覚し時計はなかった。自分で自分に二時間おきに起きるような癖をつけるより仕方がなかった。到は、千代子の援助を得てみて、はじめて彼がやっていた一日十二回の観測が一人では無理だということを確信した。

「なあ、千代子、こうしよう。お前は寝ていて、観測時間になったらおれを起してくれないか。それだけでもおれは助かる」

千代子はやっと承知した。ほんの一日か二日、休めばこのだるさは治るだろうと思った。

千代子はベッドに入って、眼覚し時計の代りを務めた。しかし、食事の時には、到が、なんと云って止めても、起き上ってその支度をした。

十一月に近くなると気温は降下して行って、部屋の中にいても寒くてたまらないような日があった。霧が吹きつけると、霧氷がいたるところにべたべたと附着した。ちょっと油断していると、風力計の風杯《ふうはい》に霧氷が附着して回転を停止することがあった。到はそのたびに、木槌を持って外に出て、風杯の氷をたたき落としてやらねばならなかった。

時刻を合わせるために、一週間に一度午前十一時に沼津の測候所と回光儀による通信をすることになっていたが、ついに一度も、互いに光を認め合うことはできなかった。終日二十メートル近い風が吹いている頂上で、作業することは実際上困難であった。

十一月もあと二日に迫った日の昼ころ、戸を叩く音が聞こえた。二人は、風の音だろうと思っていたが、その叩き方が、どうやら人為的のもののように思われたので、到が戸口に立って耳をすませた。人の声が聞こえた。

「野中さん、開けて下さい。お見舞いに登って来た者です」

その日は朝からの霧の来襲で、霧氷が戸口の隙間に凍りついていて、直ぐには戸を開けることができなかった。到はそのことを、大声で外に知らせて、しばらく待たせておいて、ストーブの上にかけて置いた薬罐の熱湯を戸口にそそいで氷を解かすと、内外で力を合わせて戸を開けた。

三人の男がころがり込んだ。

三人は中が暗いので、しばらくは動くこともできずに、そこに立ちすくんでいた。千代子がその三人をストーブのところに案内した。三人には赤く燃えているストーブだけがよく見えた。野中夫妻の顔がわかるようになったのは、尚しばらく経ってからだった。三人がかぶっている防寒帽の縁《へり》に小さな垂氷《つらら》がついていた。それが一つずつ溶けて絨毯《じゅうたん》を濡らした。

11

三人のうち一人は佐藤與平治の本家の五郎で、他の二人は郡司大尉を会長とする報效《ほうこう》義会《ぎかい》の会員であった。

「われわれは野中さん御夫妻が富士山頂に籠って気象観測をしていると聞いて、お見舞いに登って参りました」

二人は、郡司大尉の手紙や、五郎に背負わせて持って来た慰問品をそこに並べた。途中三合目の石室小屋に一泊して登って来たが、その日の朝からの氷雪まじりの強風に打ちのめされて、見舞いの言葉を述べることより、とにかく無事頂上の小屋にたどりつくことができたことで、胸の中はいっぱいのようであった。

「富士山でおそろしいところですね」

松井鋒吉が云った。

「これほどだとは想像もしていませんでした」

女鹿角栄が、それにつけ加えた。二人は、千代子がさし出した砂糖湯を飲むと、そのままストーブの傍に横になった。千代子が毛布をかけてやった。ストーブに薪をくべながら五郎は佐藤與平治の母が老衰で死去した話を重い口調で語った。里で変った話といえばそれぐらいのものであった。

到と千代子は郡司大尉からの手紙を読んだ。下界からの音信があったことは非常に嬉しかった。

「ほかになにか……」

千代子は五郎に訊《き》いた。もしかしたら、博多の母から手紙でも来ていはしないかと思った。千代子がいま第一に知りたいことは博多に残して来た園子のことであった。

「ほかにはなにもたのまれたものはねえだ」

五郎はぶっきらぼうに答えた。考えてみると、無いのが当り前だった。東京の野中家でも、博多の千代子の実家でも、まさか、富士山頂へ慰問の人が登るなどということは想像もしていないことだった。来年の春までは下山しないと決意して登山した二人と音信を交わす手段はないものと思いこんでいるのだから、間違えても、佐藤與平治気付に手紙を出すことなどありようがなかった。

「でも、お母さまなら……」

千代子は口のなかで云った。母の糸子なら、私が、どんなに、園子のことを案じているかわかる筈だ。それなら、無駄とわかっていても、中畑の佐藤與平治気付に手紙をくれてもよさそうなものだと思った。それは、まったく一方的な考え方だとは思ってみても、彼女は、下界とのつながりができたのに、母の糸子からの手紙がなかったことをやはり悲しんでいた。

千代子は、三人の客のために夕食の用意を始めた。ストーブの上に鍋が置かれて、薪がどんどん焚かれた。火の番は五郎がした。

「火の力はなんと云っても薪が一番だね」

五郎が云った。石炭、薪、木炭と三種類の燃料を持ち上げたが、炊事のときのように短時間に多量の熱量を必要とするときは、薪が効果的だった。ストーブが赤く燃えると、そのまわりにいる人たちの顔が酒に酔ったように見えた。

その夜は、到も千代子も夜どおし起きて手紙を書いていた。欲しいところから手紙は来ずに、こっちからだけ出すという一方通行だったが、やむを得ないことだった。千代子は博多の母の糸子に、もしかすると、また誰か、登って来ることがあるかもしれないから、與平治気付に園子のことを知らせてくれと書いた。

夜になると寒気が一段とはげしくなって、ストーブに木炭をいっぱい入れておいても、温かいのはストーブの周囲だけで、部屋の隅の小さな机の前に、到と並んで腰をかけて、手紙を書いている千代子の身体は凍るようだった。千代子は外套を着た上に毛布をかぶった。夜中に二度ほど、ストーブに木炭をつぎたした。ストーブにはまだ赤い火が残っているのに、その表面は冷たかった。

翌朝は風が強くて外へ出られなかった。三人は昼ごろまで待って、下山した。虚《むな》しさが野中観測所を襲った。それまで張りつめていた千代子は、ストーブの傍に坐りこんだままだった。健康を害していることを彼等に見せまいとして、千代子は、懸命に働いた。そして、夜どおしかかって手紙を書いたことが、千代子の弱っていた身体にひびいた。

「千代子、さあ休め、はばかる者は誰もいない。さあぐっすり眠るのだ」

到は、千代子のベッドを直してやり、千代子のために、懐炉の用意をした。千代子が懐炉に入れる桐灰を與平治に頼んで多量に持ち上げたのが、このごろになって、二人の生活に役立っていた。

急速に気温が低下していくにつれて、野中観測所が、自然に対して如何に無防備であったかを示し始めていた。ストーブだけでは暖は取れなくなった。いくら着ても寒かった。そういうとき、懐炉を抱くことは非常に効果があった。到も千代子も、五つか六つの懐炉を常に身につけていた。

到はストーブの傍で、懐炉灰に火をつけ、それをストーブで充分温めてから、毛糸の袋の中に入れて、千代子に渡してやった。それに対する千代子のありがとうと云う声も小さかった。顔が真青で、額に手をやると発熱していた。

千代子の熱は風邪薬ぐらいではなかなか下らなかった。間もなくその熱の原因は咽喉《のど》の腫《は》れ物に原因していることがわかったが、どうすることもできなかった。千代子は言葉が出せなくなった。食事も取れなくなった。水がやっと通るだけだった。高熱が続いた。

到は千代子に口を開けさせて、小型提灯の光を当てて見た。扁桃腺《へんとうせん》が腫れ上っていた。それが咽喉をふさごうとしていたのであった。そんな身体になっていても、千代子は自分が眼覚し時計の役をしていることを忘れなかった。彼女は観測時間になると、上のベッドに寝ている到を引張って起した。

十一月に入ると、霧の来襲のたびに、風力計と風信器が止った。居室の机の上に置いてある電気盤の動く音が止るたびに、到は、外へ出て行った。霧は、昼でも夜でもおかまいなしにやって来て、風力計の軸や風杯にべたべたと凍りつき、その機能を停止させた。到は、その度に、観測所の外に出て、屋上の丁字型取付台の上の風力計と風信器の氷を木槌でたたき落とさねばならなかった。それは、きわめて危険な仕事であった。一歩足を踏み誤ると、氷壁を下界まで滑り落ちることは間違いなかった。

到は霧との戦いと、千代子の看病に疲労した。かろうじて気力で持っているだけであった。

その朝も到は執拗に吹きつけてくる霧氷と戦っていた。落としても落としても霧氷は風力計と風信器についた。しまいには、霧氷を落としている彼を、霧氷の中に閉じこめようとした。霧氷の生成速度は速く、防寒帽に取りつく霧氷の重さが増していくのがはっきりわかった。木槌をふる腕にも霧氷はついた。

到は、霧が一息ついたのを見て、部屋に戻った。明るいところから急に暗い部屋の中に戻ったのだから、僅かに赤みを帯びているストーブしか眼には入らなかった。彼は、ストーブのそばで身体についた氷を落としながら

「ひどい霧だ。霧の中に立っていると、顔まで霧氷に覆われてしまいそうだ」

と千代子に云った。千代子はものが云えなくなってはいたが、そのような呼びかけに対して、なんらかの応えがあれば、到はそれで安心していた。千代子の手が動いたようだった。ベッドのあたりがいつもと違うようだから、覗きこむと千代子は起き上って坐っていた。

千代子は、到に、彼女が使っていた観測野帳を開いてさし出した。鉛筆でなにか書いてあった。到の眼はようやく暗さに馴《な》れた。

「私の咽喉の腫れ物を切り取って下さい。このままだと私は呼吸がつまって死ぬかもしれません。どうせ死ぬならあなたの手にかかって死んだほうがましです」

到は一読して、千代子の顔を見た。千代子は熱で潤《うる》んだ眼をしていたが泣いてはいなかった。そのおそろしいほどに思いつめた千代子の顔には、いささかの感傷らしいもの

も認められなかった。

千代子はベッドから這《は》い出して、ストーブの傍に坐った。決心した以上、一刻もはやく手術をしてくれと願う顔だった。

おそらく千代子が切れというのは、到が千代子の咽喉の奥へ提灯の光を当てて、これは医者に切って貰わねばどうにもならぬとひとこと洩らしたことを、千代子が拡大して考えたからだと思った。

「おれは素人《しろうと》だ。素人のおれが切れば、お前を殺すことになるかもしれない」

千代子は、それでいいのだというように何度か首を上下に振った。その度に彼女は喘《あえ》いだ。呼吸が苦しそうだった。

到は小刀を砥《と》いだ。大工道具の中に千代子の咽喉を切らねばならぬ小刀と砥石が入っていたことが、彼にとってはかえって心苦しいことでもあった。

到は手術を前にして、ストーブに薪をくべてその炎に刃を当てて消毒した。

千代子は、壁に背をもたせかけて観念したように眼を閉じた。

「できるだけ大きく口を開けるのだ。そして痛くとも動くのではないぞ」

千代子は頷《うなず》いた。到は、左手に小型提灯を持ち、右手の小刀をもう一度ストーブの炎に当ててから千代子に近づいていった。提灯の光を当てると、患部は腫れ上っていて、表面に黄色いつぶつぶのようなものが見えていた。腫れた内部は膿《うみ》でいっぱいに違いない。彼はふとそう思った。もしそうならば、小刀で切開などしなくとも、錐《きり》で突いただけで膿は出るかもしれない。素人考えだった。到は、小刀を置くと、道具箱から錐を出して、その尖《さき》をよく砥いで、ストーブの炎に当てると、再び千代子のところに引きかえして云った。

「痛いけれども我慢しろよ。膿が出ればきっと治《なお》る」

そう云ったとき到は、結果が彼が口にしたとおりになるだろうと思った。

錐の尖で腫れ物をちょっと突いたが、あまりに尖をとがらせたせいか、ほんの少しばかりの血が出ただけだった。千代子は動かなかった。到は、前よりはやや大胆に錐の尖を患部に入れて、その尖をちょっとはね上げた。腫れ物の表面が破れて血膿《ちうみ》が溢れ出した。千代子は、そこに用意しておいた洗面器に血を吐いた。到は、千代子に塩湯で含嗽《うがい》をさせて咽喉の中を覗いて見ると、錐で突いた部分の腫れは引いていた。

「千代子、うまく行ったぞ、膿が出た」

彼は更に他の腫れた部分も同じようにして膿を出した。千代子は血膿に噎《むせ》びながら、なにか云おうとしていた。言葉にはならなかった。

その夜ばかりは千代子は死んだように眠った。観測時間が来ても到を起そうとはしなかった。翌朝から千代子の熱が引いて、ものが云えるようになった。食べ物もいくらか口にするようになった。

「私はもうよくなったわ。明日から観測に立ちます。あなたに休んで貰わないと、今度はあなたが病気になってしまいます」

千代子はベッドの上に起き上って云った。たしかに到は疲労はしていたが、特に悪いところはなかった。ただぐっすり眠りたかった。霧氷との戦いは余りにも激し過ぎた。到は、霧氷のないような日の昼間に眠って、観測を千代子に委《まか》せた。

千代子の咽喉は完癒した。熱も無くなったが、十一月の半ばごろから、急に身体がむくみ出した。それまでも、ずっと顔はむくんでいたが、今度の浮腫《むくみ》は全身だった。手も足もむくんだ。歩くのに大儀だった。そういう身体にもかかわらず、千代子は昼の観測を続けるかたわら、厳冬期を迎えての用意を始めた。どこからともなく吹き込んで来る風を防ぐために居室の周囲に毛布を張りめぐらせたり、今までの消費燃料を計算して、今後の予定を立てたり、食料品の中から、二人の口に合う箱だけを選《え》り出したりした。手を上げるだけでも呼吸《いき》が切れるのだから、箱を動かすのはたいへんだった。彼女は、働けば食慾が出る。食べれば、だるさは直ると思っていたが、働いてもさほどお腹《なか》はすかないし、身体中の浮腫はいっこう引いていく気配はなかった。

千代子の仕事は、昼間の気象観測、食事の用意、水を作るために、霧氷を取りに出ること、そして、便器《おまる》の掃除であった。到は、野中観測所に便所は作らなかった。狭いからその余裕がなかったのである。彼は便器を用いてその度に外へ捨てることを考えていた。しかしそれは、頭の中での考えであった。十一月に入って、外へも出られないような暴風雪の日が二日も三日も続くと、いちいち便器を持って外へ出るわけにはいかなかった。危険だった。彼等は空箱の内側に、新聞紙を何枚か濡らして貼りつけた。それはすぐかちかちに凍りついた。なにを入れても洩れることはなかった。暴風雨の日は、この箱の中に汚物をためておいて、天気のいい日に外に捨てることにしていた。

千代子は綺麗好きであった。便器は、一日一回、湯を入れて洗ってあとを消毒しておかないと気が済まなかった。彼女は病気中でも、それだけは自分自身で始末した。

彼女の仕事のうちでもっとも危険性が伴うのは、氷取りであった。二人だけの生活ではあったが、水はかなり必要だった。ストーブを消さないことは絶対必要なことであったが、ストーブの上に絶えず薬罐を置くことも必要であった。彼等は入浴できないから、一日に一度は湯で身体を拭《ふ》いた。取って来た霧氷はブリキの空罐に入れて、ストーブの上に置いて水にした。ストーブの横には常にブリキ罐一杯の水が貯えてあった。朝見るとそのブリキ罐には薄氷が張っていた。

千代子は、戸口から外へ出る前に、腰に綱を結んで、その端を柱に縛りつけた。突風で吹き飛ばされる危険があった。そうしないで外へ出ることを到は許さなかった。雪沓《ゆきぐつ》に鉄のかんじきをつけ、帽子と外套を着て外へ出た。

乳白色の霧氷がありとあらゆるものに付着して、頂上は氷の世界になっていた。青い空の下での氷のきらめきはまぶしいというよりも、荘厳《そうごん》であった。彼女は千万の宝石の中に立っているような気がした。

千代子が外へ出て、たとえ瞬間であっても、その美しい景色に詠嘆《えいたん》の眼ざしを投げていると、必ず、突風が、下方から起って、彼女の裾《すそ》を吹き上げた。防ぎようもないほどの早業であった。外套を着ないで出ようものなら下半身を裸にされ、頭からすっぽりと着物をかぶらねばならなかった。たとえ厚い下穿きをつけていたとしても、また誰も見てはいなかったにしても恥かしいことであった。彼女は、風の悪戯《いたずら》にひどく腹を立てた。

氷は戸口を出ればすぐそこにいくらでもあった。彼女はブリキ罐を左手に携《さ》げ、右手に木槌を持っていた。霧氷はいくらでもあったが、汚物を捨てる場所からなるべく離れたところの氷を取ろうとした。

外に出ているのは、五分が精いっぱいであった。彼女は室内に戻って、ストーブで身体を温めたが、一度外へ出ると骨の髄まで寒さがしみこんでしまって、容易には元の状態には戻れなかった。

寒気との戦いには勝てそうもなかった。敵は日が経つにつれて、じりじりと二人に迫って来た。到が、寒さに対して特に考慮して作った観測所も、まるで寒さには無防備のように見えた。隙間から吹きこんだ粉雪は野中観測所の北側の器械室と、薪炭室を埋めようとしていた。それらの粉雪は、排除しても排除しても入りこんで来た。

壁から天井にかけて氷がつくようになった。十月中は霜が降ったような状態だったのが、十一月の半ばを過ぎると、それが氷の壁に変っていった。水気のあるものはなんでも凍った。

砂糖《さとう》もぱらぱらとなりて、甘味《かんみ》少く、梅干《うめぼし》もからからとして、酸味《さんみ》薄《うす》し、煖炉《だんろ》とても、いと強《つよ》うもさざれば、其《その》外側さへ暖《あたた》まらず、かしぎたる粥《かゆ》、煖炉の側《そば》におくだに、一《ひと》とき許《ばか》りにして氷となり、火箸《ひばし》をさへ立《たつ》るに由《よし》なし。

と、千代子の日記にあるとおり、寒気は二人の身辺をひしひしと取巻いて行った。寒さと戦うためには、暖を取ることと同時に、カロリーの多い食事をしなければならなかった。これは当初から考えられていたことであり、到も千代子も、そのつもりで、相当量の肉の罐詰類を用意したり、魚の干物《ひもの》などを持ち上げてあった。炊事に当っていた千代子は、頂上に着いたその日から、これらの動物性蛋白質類が鼻についた。そういう物を食事に出すのは嫌だったが、到の健康のためを思って食膳に供えた。しかし、到もまた千代子と同じように、魚や肉類を嫌った。出しても手をつけなかった。二人の嗜好《しこう》は全く共通して、梅干、味噌汁、生野菜の三種と、砂糖に集中した。食事は一日二食で粥を炊いた。粥に梅干を添えて流しこみながら、こまかく刻んだ生葱《なまねぎ》に味噌をつけて口に運ぶのが二人の食事であった。甘いものは二人の口に合った。茹《ゆ》で小豆《あずき》を二人は好んで食べた。二人は、もっともっと栄養を摂《と》らねばいけないのだと互いに承知していたが、肉の罐詰を見掛けただけで、吐きっぽくなったり、食糧庫の傍を通るとき、鱈《たら》の干物の臭いを嗅いだだけでも気持が悪くなったりするようになってからは、とにかく、なんでもいいから、食べられる物を食べるしかしようがないだろうということになった。

五郎が慰問品とともに背負い上げて来てくれた生野菜は、残り僅かになっていた。それがなくなったら、いったいなにを食べようかと二人は相談し合っていた。

千代子の浮腫は日に日にひどくなっていった。彼女の澄んだ大きな眼は、すすきで切ったような細い眼になった。千代子の面影は消えていた。むくんだ足をゆび先で押すと、凹部ができて、そのまましばらくは元どおりにならなかった。呼吸《いき》苦しくて、一歩足を動かすたびに休まねばならなかった。観測できるような身体ではなくなって、彼女は再びベッドに横たわらねばならなくなった。扁桃腺のときのように急性なものではなく、じわじわと彼女の生命を縮《ちぢ》めていく病気のようであった。

「脚気《かっけ》だよ」

と到は、千代子の症状を見て云った。確かに見掛けは、巷間にいうところの脚気に似ていたが、さてそれをどうして治したらいいのかは知らなかった。

千代子はほとんど食事をしなくなった。僅かに彼女の口にするものは、茹で小豆ぐらいのものであった。到は再度病床に倒れた千代子を介抱しながら、いよいよ激しく襲いかかって来る、寒気と霧氷と戦っていた。

富士山頂は霧氷に包まれた。野中観測所も、厚い氷の壁につつまれた。そうなったほうが、建物の隙間から粉雪が吹きこまないで、よかったが、だからと云って、観測所の内部が暖かくなったことにはならなかった。戸口が霧氷に閉ざされ勝ちになった。到は、引戸の敷居を削り取って、戸の隙間に霧氷がついても、内側に引けば、比較的容易にはずすことのできるようにした。普段は内側から、太い三本の丸太棒を当てて風に吹き倒されぬようにした。

十一月の末に強い西風と共に寒波がやって来た。ストーブをいくら焚《た》いても、耐えられそうもないような寒さだった。居室の天井や壁の氷は厚さを増した。二人は、着られるだけの物は全部身につけた。寝るときは、毛布を数枚重ねて敷き、七、八枚も掛けて寝たが、寒くて眠れなかった。

或る朝、ピストルでも射ったような音がした。千代子が、午前四時の観測のため到を起そうかと思っていたときであった。

ストーブの傍に並べて置いてあった電池の素焼の筒が割れた。到はいそいでストーブに薪をくべて電池を暖めようとした。だが薪が燃え上ってストーブが暖まる前に、素焼の筒は次々と割れた。五個の電池のうち三個の素焼の筒が、内部の反応溶液が凍ったために割れたのであった。それまで電池は、机の下に置いたが、二、三日前の寒さで、三個が破損したから予備品を組立てた矢先であった。もう予備品はなかった。

　到は、うなだれたまま声も出さなかった。さきに、水銀晴雨計が破損し、こんどは風力計の電気盤を動かすことはできなかった。電池が破損したら、風力計が使えなくなったのだから、あとは、ただ気温を観測することが、野中観測所の観測要目のすべてであった。

　風力計の電池がやられたことが到にはよほどこたえたようだった。彼は黙りこんでしまった。千代子は到の気持が分っているから、強《し》いてなぐさめの言葉は掛けなかった。風が一日中吹いていた。午後になって到は、気持を取り直していつものように薬罐の湯を洗面器に入れて身体を拭こうとしたが、部屋の中の温度が肌を出すには耐えられないほどに低下しているのに気がつくと、いそいで着物を着た。

　二人は、その日を境に、一日に一度身体を湯で拭《ぬぐ》うことさえできなくなった。

　千代子は眼覚し時計の役をしているから、断片的な眠りしか得られなかった。夢とも現《うつつ》ともつかない世界を彷徨《ほうこう》しているような気持で過していた。死をじっと見詰めていることがあった。もし私が死んだら、夫はどうするだろうかと考えることがあった。死んだ私をあの寒い器械室へ引き摺って行くのだろうか。そんなとき彼女は、居室の隅に置いてある水桶に眼をやった。水桶は空《から》のままそこに置いてあった。もし私が死んだら、あの水桶の中に入れて置いて下さいと、なんどか到に云おうと思ったが、そんなことを云えば到を苦しませるだけのことだから我慢していた。死ぬことはいとわなかったが、あとに残した園子のことだけが心配だった。園子のことを思うと死んではならないと思った。千代子の断続的な浅い眠りの中にも段階があった。朝の四時に到を起して、その次の観測時間の六時までは比較的よく眠った。

千代子が園子の夢を見たのは、この熟睡の時間だった。

「お母さま、そんなに顔が腫れちゃって困るわね。その細いおめめで私の顔が見えるの」

膝に抱かれている園子が云った。

「見えるわよ、ちゃんと、園子の顔がはっきり見えるわ。でも園子、どうして、こんなに蒼い顔をしているのでしょうね。寒いの、熱でもあるの」

「さっきまで熱はあったの。でも、今はもうないのよ。私はこれからお母さまの身替りになって遠いところへ旅立つのよ」

園子はあどけない顔で云った。この子は、いつの間に、こんなに口が廻るようになったのだろうか。そして、なぜこのような、気になることを云うのだろうか。

「お母さまの身替りだって？」

「そうよ、お母さまはいま富士山頂で死にそうなんでしょう。だから、園子がお母さまの替りに死んであげるの。そうすればお母さまの病気は治って元気になるでしょう」

「なにを云うの園子、なんでそんな縁起《えんぎ》でもないことを云うのよ」

千代子は園子を抱きしめて、そんなばかな口をきくものではないと、たしなめようとした。しっかりと抱いている腕の中から、園子がすうっと抜け出して行った。

「園子、行っちゃいけない」

千代子は叫び声を上げて、自分の声で眼を覚ました。到が六時の観測を終えて帰って来たところだった。

「園子が……」

「夢を見たのだろう」

「ほんとうに、夢であってくれたらいいけれど……」

千代子は不安だった。彼女の胸には、さっきまで抱いていた園子の重みがそのまま残っていた。千代子は深い溜息をついた。

その夢は正夢《まさゆめ》だった。園子は、三日前に、急性肺炎で既に亡くなっていたのであった。

千代子の身体は、園子の夢を見た日を境にして快方に向って行った。腫れが少しずつ引き始めたのである。食慾も出た。そして十二月に入って、昼の観測を千代子が代行できるころになってから、いままで元気だった到が急に弱り出した。到は千代子のようにはげしい浮腫はこなかったが、身体全体が一度に機能を失ったようにがたがたになった。

到は、隣室の器械室まで行くのに、三度も四度も休まねばならなかった。誤って滑って転ぶと、容易に立上ることさえできなかった。

寒気はひしひしと二人を攻めつけた。最低気温が零下二十度を越える日が続いた。

12

到の病状は浮腫《むくみ》に発熱を伴っていた。全身に浮腫が現われたところは千代子と同じであったが、発熱を伴っている点は全然違っていた。千代子は蜂に刺されたように顔がむくんだが、到の浮腫は足に集中したようであった。到の両足は青白くふくれ上って、もし皮膚に針でも刺したら、何升かの水が一度にどっとほとばしり出るかと思われるほどであった。

千代子は到をベッドに寝かした。とても、観測に立てる状態ではなかった。安静だけが、いまの到には必要であった。到は無理に無理を重ねたのだ。二時間置きの気象観測が彼の肉体を限界に追い落としたことは明らかであった。

「大丈夫よあなた、私はこんなに丈夫になったでしょう、だからね、あなたも……」

静かに寝ていればいいのだと千代子は到に云うのだが、その千代子も快方には向いてはいたが、浮腫がなくなったのではなかった。顔の浮腫はどうやら引いたが、足の浮腫は相変らずであった。だが彼女には最悪の状態を通り越したという自信があった。到も、千代子のように、安静にして、葛湯《くずゆ》と小豆の粥《かゆ》を食べていたら間もなく元気になるに違いないと思っていた。

到は、千代子の云うなりになっていた。いくら頑張っても、もはや彼の身体では、観測には立てなかった。観測に行く途中で倒れて、千代子の肩にすがってベッドにころがり込んだ。そのときすでに、到の力は尽きたかに見えていた。

千代子は到にかわって観測に従事した。一日十二回の観測が始まった。今度は眼覚しの役は到であった。到は枕元に置いてある懐中時計の針を見ながら、観測時間が来ると、下に寝ている千代子を起した。観測時間のときばかりではなく、風が強い夜は、ストーブの吸い出し作用が効き過ぎて、ストーブにいっぱい入れて置いた木炭があっという間に灰になってしまうことがあった。鉄板を張り合わせて作ったようなストーブの煙突には、吸い出し作用を調整する装置はつけてなかった。ストーブが火を落としてしまったら、部屋の温度は急下降するばかりでなく、再びストーブに火をおこすことは容易ではなかった。

千代子は昼はずっと起きていて、到の身の廻りの世話をしたり、氷を取ったり、食事をこしらえたりするかたわら、観測をしていた。その千代子を夜はゆっくり休ませたいと到は思うのだが、それはできなかった。

「おい、千代子起きてくれ、千代子」

到はかすれた声で千代子を呼んだ。疲れて眠っている千代子はなかなか起きなかった。

「ねえ、あなた、今度私を起すときにはこれで突いて下さい」

千代子は物置の隅にあった杖を持って来て到にわたした。夏のころ、荷揚人夫が置き忘れて行った杖であった。

「もし、突いても起きなかったら、頭をたたいて起して下さい」

千代子は真顔で云った。

到が病の床に伏したその日から千代子は彼女がこの観測所の主役であることを自覚していた。到が一番心配していることは観測を中断することであった。一日十二回の連続気象観測が、一回でも欠測《けっそく》（観測をしないこと）したら、富士山頂における連続気象観測という鎖が断ち切られてしまうことを彼女はよく知っていた。そして、今彼女は到が十月一日以来、次第にその重さを増して来た冬期連続観測の記録の鎖に、彼女の手で一環《かん》一環を加えて行くことに、どれほどの意味があるかも充分知っていた。すべては未知の記録への挑戦であった。

寒さは急に増した。日中の一番気温の高いときでも、零下十二度、明け方の最低気温は零下十八度以下であった。観測時間の五分前に起きて、観測をして、記録の整理は翌日に延ばすことにして、直ぐ寝床にもぐりこんだとしても、その間、どんなに少なく見積っても十分はかかった。その間に身体はすっかり冷え切って、ベッドに入っても、すぐには寝つかれなかった。ようやく身体が温まって来るころには、また次の観測に立たねばならなかった。

千代子にとって、気温の観測自体はそうむずかしいことではなかったが、二時間置きに寒気に身をさらすことはけっして楽なことではなかった。乾球《かんきゅう》温度計、湿球《しつきゅう》温度計、最高温度計、最低温度計等を収容してある百葉箱《ひゃくようそう》は、野中観測所の北側に密着して置いてあった。つまり、百葉箱の南側が、野中観測所の北側の板壁兼扉であり、他の三方は鎧戸を通して外気と接触していた。気温を観測するときには、野中観測所と百葉箱との境界の扉を、内側に開き、身体を乗り出すようにして、百葉箱内の温度計の示度を読み取っていた。

百葉箱は原則として屋外に独立して置くことになっていた。しかし、富士山頂の場合、そうすることは観測者の人命に危険を及ぼす可能性が考えられた。特に冬期では、観測時間のたびごと、屋外に出ることはほとんど不可能と考えられた。野中到は種々考慮した後、百葉箱と観測所を密着させることを考え出したのである。この設計は成功した。もしこうしてなかったら、冬期観測は完全に失敗したに違いない。そればかりではなく人命事故を起していたかもしれない。

千代子は、園子の夢をよく見た。園子と語り合っているところを到に起されると、しばらくは呆然としてベッドの上に坐っていた。

彼女は、ベッドからおりると雪沓を突掛け、柱に打ちこんだ釘に掛けてある外套を着た。小型提灯に火をつけ、手袋をはめて、観測野帳の間に鉛筆を挟み、最後に防寒帽をかぶって、器械室の方へ歩いて行った。居室と器械室の中間の物置には雪の吹き溜りがあったし、器械室は、隙間から吹きこんだ粉雪で、所によっては、三尺ほどの積雪があった。

器械室に一歩踏みこんだとき彼女はぞっとするほどの寒気を感じた。彼女は寒気に背を向けるようにくるっとふりむいて、器械室と物置との境の戸が完全にしまっているかどうかを念のため確かめた。居室、物置、器械室の通路には、それぞれ戸が設けられていて、器械室の寒気が居室まで侵入して行くことを防いでいたが、もし誤って、たとえ一センチでも戸に隙間を残して置くと、そこから冷たい風が居室に侵入して、たちまち居室の温度を下げてしまうのである。彼女が器械室に入って、直ぐうしろを振りかえって見るのは、直接、冷たい空気に触れたときに感ずる自己防衛の意識でもあり、病床に伏した到に対するいたわりの気持でもあった。

千代子は、百葉箱と野中観測所との境界の扉の前で立止ると、持っていた小型提灯の光が扉に当るように、床の上の雪の上に置いて、まず掛け金を外して、把手を引いた。そうすれば扉は下側に開くように工夫されていた。しかし、両手で把手にぶらさがるようにしても扉は開かなかった。扉の隙間に霧氷が着いたのだ。毎度のことで珍しいことではなかった。到は、そういうときのために、扉の隙間に小型のバール（かなてこ）を押しこんで、こじ開けることのできるようにしてあった。

千代子はバールを握った。手袋を通してバールの冷たさが伝わって来る。バールの先を隙間に入れて、力いっぱいこじると、扉は動いた。バールを置いて、把手を引くと、扉は彼女の胸元に倒れかかるように開いた。氷に閉ざされた白い百葉箱が、提灯の先に照し出された。寒い風が、滝のように彼女に襲いかかって来た。彼女は、提灯をさし出すようにしながら、身体を前に乗り出して、百葉箱内部の温度計の示度を読んだ。

「マイナス二十三・七度……」

彼女は読み取った示度を口で云い、口から出た言葉と温度計の示度とが等しいかどうかを眼で確かめ、観測野帳にその値を書き取り、その記録した数字と温度計の示度が同じかどうかをもう一度眼で確かめた。マイナス二十三・七度と、云ったのも、口の中でのつぶやきのようなもので、はっきりした言葉にはなっていなかった。寒気にさらされた口は自由には動かなかった。百葉箱の鎧戸の隙間から吹きつけて来る風に面と向うと鋭い刃物を当てられたように痛かった。

彼女は、観測が終っても、すぐにはそこから立去ることはできなかった。百葉箱を封じこめようとしている霧氷を突き落とす作業が残っていた。鎧戸の隙間からバールを突き出して、霧氷を落とす仕事は時間がかかる仕事であった。だが、それをやらないと、百葉箱は氷に覆われてしまい、外界と遮断される虞《おそ》れがあった。しばらく、そうした仕事をしていると、バールを握っている手が凍えた。指の感覚が無くなった。やがて、身体全体が冷え切った。

彼女は観測を終えて居室へ帰って来て、ストーブの傍で手をもんだ。雪沓を履いたままでストーブに当っていても、雪沓についている雪が解けなかった。居室も、ストーブのまわりだけが暖かいだけで、居室そのものは、既に寒気の俘虜《とりこ》となっていた。

到は毛布を五枚敷き、七枚掛けて寝たがまだ寒かった。毛布はまだあったが、七枚以上重ねて着ても、重いだけで暖かくはならなかった。懐炉がもっとも効果的だった。千代子は彼女がそれまで使っていた懐炉のうち二つを到に譲った。

到の熱は五日たっても六日たっても下らなかった。風邪薬を飲んでも効かなかった。だいいち、発熱の原因がなんであるかわからなかった。一日、二回の葛湯と、小豆の粥も咽喉には通らなかった。なにか食べたいものがあるかと千代子が聞いても、到は首を振るばかりであった。米や味噌や、罐詰や乾物類は山ほどあったが、一つとして、到の口に合う物はなかった。それは千代子にとっても同じことだった。なにか食べたい物はないかと聞かれたとき到は、蜜柑をふと思い浮べた。いまここに蜜柑が十もあって、それを自由に食べることができれば、きっともとどおりの身体になれるだろうと思った。大根や人参や牛蒡《ごぼう》や菠薐草《ほうれんそう》などが果物の次に頭に浮んだ。到は、食欲を失ったのではなく、栄養失調の状態に陥っていたのであった。

千代子は到に小豆の粥をすすめたり、小豆の粉で、餡《あん》を作って食べさせた。餡は、珍しいこともあって、うまいと云って食べたが、二、三回食べると見向きもしなくなった。小豆のにおいが鼻につくようになった、と到が云ったとき千代子はぞっとした。小豆だけが、どうやら、山頂での二人の食生活における共通なものであった。それが嫌だと云われたら、もう食べさせるものはなかった。

「私は小豆を食べて治ったのよ。小豆の粥を食べてさえいれば、あなたの身体はきっと快《よ》くなるのよ。そうわかっているのに、なぜ食べてくださらないのかしら」

そんなふうに云っても食べたくないものを食べさせるわけには行かなかった。

千代子は食料品のリストを出して、食料品名を、はじから読み上げた。なんとかして、到の食慾の端緒《たんしよ》を摑みたいと思った。到は最後まで眼をふさいだままだった。やはり、その食料品の中には、食べたいものはなかったのである。千代子もまた同じように、そのリストからは一つとして食べたいというものは発見できなかった。夏の間、御殿場にいて、與平治に相談した上、あれがいいだろう、これがいいだろうと、考えに考えて、持ち上げた食糧がほとんど役に立たなくなったのは、千代子自身の責任のように思われて悲しかった。

「秋のうちに、野菜と果物をたくさん運び上げて置けばよかったわ」

食べ物であった。

千代子が云うと、到は、とがめるような眼を彼女に向けた。云ってもどうにもならぬことを云うなと、たしなめたのである。千代子は食べ物に関しては、到も彼女も、まったく同じものを求めているのだなと思った。新鮮な果実と野菜、それが今の二人を救う食べ物であった。

二日間ぶっつづけに荒れた。この間千代子は、あまり眠っていなかった。霧氷の着き方がひどいので、一時間毎に、百葉箱の鎧戸に着いた霧氷を落とさねばならなかった。この二日間の疲労は、彼女のまだ本復していない身体を打ちのめしたようであった。その朝突然、彼女は小豆の粥のにおいが鼻についた。予期してもいないことだった。彼女は葛湯だけを口に入れた。

「千代子、お前は疲れ過ぎているのだ。しばらく休まないといけない。お前がここで倒れたら、すべては終りになる。おれの身体は駄目になったといっても、一日に二回や三回の昼間の観測には立つことができる。おれが三回続けて観測に立ったとすれば、お前は六時間熟睡できるのだ」

それはできない相談でしょうと、千代子が云っても、到はその朝にかぎってどうしても承知しなかった。

「それに寝てばかりいないで少しは運動したほうが身体のためにもなるのだ」

到は十時の観測を前にしてベッドをおりた。千代子がいくら止めても聞かなかった。

到は身ごしらえすると、雪沓を履き、這いながら、器械室へ入って行った。二間《けん》に三間《げん》の小屋だから、ベッドから、百葉箱のところまで這って行ったとしても、そう遠い距離ではなかったが、千代子は、そうまでして妻をかばおうとする到の気持に泣けた。千代子は、這って行く到と共に百葉箱までついて行ってやった。きっと到は、百葉箱の前まで行くことができても、立上って扉を開ける力はないだろうと思った。しかし、到は、千代子のさし出す手を振り切って立上ると、扉を見事に開けて、気温の観測をした。苦痛をかみしめながら、温度計を睨んでいる到の眼はぎらぎらと輝いていた。千代子は到の形相のすさまじさに息を呑んだ。到は、なにかを相手に戦っていた。それは苛酷《かこく》な自然であろうか、病であろうか、それとも到自身に対してであろうか、彼女にさえよくわからなかった。

到はベッドに這い戻ると、手真似で千代子に寝るように合図した。彼自らはストーブの前に毛布をかぶってうずくまった。

千代子は到の好意を受けねばならないと思った。到を安心させるためには、彼の云うとおりぐっすり眠ることだと思ったが、到の身が心配でなかなか寝つかれなかった。到の好意を素直に受けて安眠しているように見せかけるのはつらかった。彼女は、ストーブの方に背を向けた。相変らずの風の音の他は、時折到がストーブに木炭をつぎ足す音ぐらいのものであった。千代子はうつらうつらした。そう長い時間ではなかったが、刺すように冷たい風に眼を覚ました。不吉な予感がした。到はストーブの前にはいなかった。ストーブの上の小豆の粥鍋が音を立てていた。到は十二時の観測に行ったのだなと思った。隣室との境の戸はちゃんとしめてあるのに、なぜこのように冷たい風が吹きこんで来るのであろうか。

千代子は起き上って、雪沓を突っかけるとすぐ隣室に行って見た。到が百葉箱の前に倒れていた。百葉箱の扉が開けられたままだった。到は百葉箱の扉はどうにかして開けて、観測はしたけれど、その扉を閉める力はなく、そこに倒れてしまったのである。百葉箱の扉を開けっぱなしにしたことは、野中観測所の窓を開け放したことになった。冷たい外気は遠慮会釈《えしやく》なく流れこみ、その外気が、戸の隙間から居室まで流れこんで来たのであった。

千代子はまず扉を閉めた。倒れている到を助け起して居室に連れ帰ろうとした。到は扉を開け放したまましばらくそこに倒れていたから、口がよくきけなかった。眼でしきりに、なにかを云おうとしているのだが、千代子にはわからなかった。

到は這うことができなくなっていた。その到を居室までどうして連れ戻したらいいのであろうか。手を引張って見ても動かなかった。背を押して見てもだめだった。到がまたなにか云おうとした。飲む真似をした。彼女は居室に引きかえすと、ストーブにかけてあった小豆の粥の上澄《うわず》みを茶碗にそそぎこんで、それに砂糖を加えて到のところへ持って行った。その熱い飲み物は到を元気づけたようであった。彼は、一呼吸ついて云った。

「もうだめだよ千代子、観測を終って、扉をしめようとして、よろけて、ころんだまま、なんとしても立つことができないのだ。お前が来てくれるのが遅かったら、このまま冷たくなっていたかもしれない」

それは、過大な表現ではなく、実際に考えられることであった。扉を開けたまま、外気に触れたままでいたら、凍死する可能性は充分あった。到は普通の身体ではなかった。その日は朝から風が強く、気温は零下十五度を示していた。

「もういっぱい飲みますか」

到は首をふった。このままもうしばらく、休ませてくれという表情だった。千代子は、暖かい毛布を取りに居室に行ったり、凍えた到の手や足を彼女の手で揉《も》んでやった。もう要らないと云う到に、小豆粥の上澄みに砂糖を加えてもういっぱい飲ませた。

千代子は、少しずついざるようにして、居室に帰った到を、ストーブの傍に寝かして、薪をストーブにくべた。風が強いから、薪はよく燃えた。

居室に敷きこんであった絨毯は、既に敷物ではなくなっていた。土足のままで出入りするから、雪や氷が入りこみ、それが凍ったり溶けたりして、いたるところに染《し》みがついていた。千代子はその上に毛布を幾枚か重ねて敷いて到を寝かした。このほうが、居室の隅のベッドに寝るよりも暖かいと思ったからである。

到は、しばらく眼を閉じていた。眠ったようであったが、ときどき瞼《まぶた》をぴくぴく動かすところを見ると、眠ってはいないようだった。到の顔に幾分か赤味がさした。

「おれは昨夜園子の夢を見た。その夢の話をしようかと思ったが、お前が気にするといけないから黙っていた」

到は眼を閉じたまま云った。

「園子の夢なら、私は毎日、毎晩見ていますわ。泣いたり、笑ったり、ときには、なにが気に入らないのかひどく怒ったり、そうかと思うと、私の膝で、あれこれとたわいのないことを話しかけて来たり……」

「そういう夢なら、おれもちょいちょい見ることがある。しかし昨夜見た園子の夢は、そんな夢ではない。白い着物を着て、おれの枕元に立った園子は、お父さまを迎えに来たというのだ。どこへ行くのだと訊くと、あっちだと指さす。行く先もわからないところへ行くのは嫌だというと、園子は、でも、お父さまは行かねばならないんですと云う。それは困る。おれが行けば、この仕事は誰がやるのだと云うと、お母さまがいます。お母さまがお父さまのかわりに立派にやりとげるから、お父さまは私のところに来てもいいのですと云うのだ。園子、お前はいったいどこにいるのだと云って、園子の白い着物に眼をやると、それが氷でできた着物なのだ。その白い氷の着物は見る見るうちに溶けて、園子の姿も消えて行った」

到は眼を開けて、先を続けた。

「いやな夢だった。既にこの世の人でなくなった園子がおれを呼びに来たような気がしてならなかった。おれは夢にこだわるわけではないが、死がしのび寄って来ていることだけは自分にもわかる。おそらく、氷の着物を着た園子は、おれ自身の心なのだろう。死の準備をしろということかもしれない。おれは、その夢と戦うつもりで、観測をやって見た。そして見事に負けた。もはやおれは死を待つしか能のない身体になった。もし、おれが息を引き取ったら、その水桶に入れて、器械室へころがして行って、春になるまで置いてくれ。気象観測はお前一人でやれ。一日十二回観測は六回観測にするがいい、それでも無理なら、一日三回観測にするのだ。春になっておれの死骸がここを去るときは、富士山頂野中気象観測所の冬期連続気象観測が終ったときなのだ」

到は一気に云った。

「あなたは、以前のあなたではないわ。私の野中到は死んだらなどという弱気を吐く男ではなかったわ。園子の夢なんかで、妙に感傷的になるなんて、いったいあなたはどうしたんです。そんなことを云うだけの力があったら、粥のいっぱいも余計に食べたらどうなんです。薬でも飲むつもりで食べたら、力が出て来て、病気なんかふっとんでしまいますわ」

千代子は口では強いことを云いながら、園子が氷の装束を着て、到の夢の中に現われたことと、ついせんだって、園子が夢の中でお母さんの身替りになると云ったことを思いくらべていた。園子の身に間違いがあったのではなかろうか。そう思うと、千代子はじっとしてはいられないほどの焦燥を感じた。

「水桶におれの身体を入れるときは……」

「おやめになってください」

千代子は、おそらく結婚してはじめて、夫の到に逆らった。はげしい言葉を到に投げつけた。これ以上死に触れることは堪えられないことだった。千代子自身も、病床に伏せていたときは、あの水桶が眼についた。もし、私が死んだらあの水桶に入れて置いて下さいと、何度となく到に云おうと思ってついに云えなかったことを彼女は思い出していた。

千代子は憎く憎くしげに水桶に眼をやった。あんな桶は、此処には置かないで器械室に片づけてしまおうと思った。おそらく下界にいたら千代子はすぐそうしたに違いないが、少しでも身体を動かすと息が切れる富士山頂で、しかも、常態ではない彼女の身体は、そう思っても、すぐ動作には移らなかった。

千代子の眼に涙が浮んだ。

「耐えるのよ、頑張るんだわ。私たちにとって、いまが一番苦しい時なのよ。私だってもうだめかと思っていたのが、急に快《よ》くなったでしょう。高山病って、行くところまで行きつけば、あとは、意外にすうっと治るものじゃあないかしら。あなただって、明日あたりになれば、急に食欲がでて来るかもしれないわ」

到は返事をしなかった。なにか外の物音でも気にしているような顔つきだった。

千代子は耳をすませて外の音を聞いた。風は荒れ狂っていた。二十数メートルは吹いていると思われた。その風の音に混って、異様な音が聞こえていた。戸を叩く音だった。風が戸を叩く音ではなく、風以外のなにものかが叩いているようであった。風が一呼吸したとき、人の声が聞こえたような気がした。二人は顔を見合わせて、そら耳でないのを確かめると、千代子は戸口のところに行って、耳を当てた。

「野中さん、開けて下さい、中畑の熊吉です」

「あなた、中畑の熊吉さんですわ」

千代子は到に報告してから、氷に閉じこめられた戸を内側から開けにかかった。三本のつっかい棒を一本ずつはずして行くと、風の圧力ですぐ隙間ができた。千代子と外に来ている人とが力を合わせて、戸を引き開け、また元どおりに閉じた。

この日、明治二十八年十二月十二日、厳冬の富士山頂を訪れたのは、中畑の勝又熊吉と、玉穂村、村会議員の勝又恵造であった。

13

勝又熊吉と勝又恵造は、ふたこと、みこと野中夫妻と言葉を交わしただけで、夫妻が重い病気にかかっていることを見て取った。野中到は坐ったままで、立って歩くことはできないようだし、千代子夫人も、ようやく身体を動かしているに過ぎなかった。夫妻の顔は青白くむくんでいて、別人のようだった。到の眼だけは炯々《けいけい》と輝き、熊吉と恵造を見詰めていた。

「どこかお悪いようですが」

と恵造が到に云ったが、到は黙っていた。恵造は到の鋭い眼に会うと

「すみません。慰問に登って来たのに、慰問品を持たずに来てしまって。実は八合目まで、たくさんの慰問品を持って、野中清さんと巡査の平岡鐘次郎さん、それに中畑の西藤鶴吉君とわれわれ二人の五人で登って来ましたが、風がひどくて、なんとしても、それ以上は登れず、三人を八合目の小屋に待たせておいて、われわれ二人だけで登って参りました」

それだけ云うと恵造は熊吉の方を見た。なんとか云ってくれという顔であった。

「気狂いじみたおそろしい風でしてな、とても荷物なんか背負って、登れたもんじゃありませんでした。私と恵造さんが決死隊になったつもりで、手紙だけを胴巻きにおさめて、這いながら、やっと登って参りました」

熊吉はそう云うと、懐に手を突込んで、油紙に包んだ手紙を出した。恵造も同じように一束の手紙を野中夫妻の前に置いた。

「でもみなさんは御無事で八合目に……」

と千代子は熊吉に訊いた。みなさんというのは八合目に残った三人のことを云っているのであり、みなさんの中の清のことを、千代子が一番心配していることも熊吉にはよく分った。熊吉はちょっと恵造の方を見てから

「清さんは両足に凍傷を受けましたが、まあ、歩かれねえことはありません」

と云った。まあ歩かれねえことはないという、熊吉の抽象的表現の中に、清が凍傷を受けた両足を抱えて、途方にくれている様子が見えるようだった。

「清さんは頂上までどうしても蜜柑をとどけるのだと云って一箱背負って来ましたが、七合目下で突風に遭って、ほかの荷物と一緒に吹き飛ばされました。ほんとうに危いところでした」

熊吉の説明で五人が如何に苦労して八合目まで登って来たかが了解できた。熊吉の話

の後を追うようにして、恵造が、五人が御殿場を出発したのが一昨日で、一昨日は三合目泊り、そして昨夜は八合目泊り、今朝早く恵造と熊吉が頂上を目ざして八合目の小屋を出たことを話した。

「私たちは、これ以上風が強くならないうちに山を降ります。先生たちのお迎えには、山支度を充分整えて、多勢で参りますから、それまでお待ち下さい」

と恵造が云った。

恵造が、いきなりお迎えにと云ったのは、この場では、少しもへんには聞こえなかった。誰が見ても野中夫妻は、病名はなんであるか分らないが、重病であることには間違いなかった。恵造が迎えに来ると云ったのは、当然なことだし、野中夫妻も救助の手を待っていると思ったからこそ、そう云ったのであった。

「迎えに来るんだって？　誰が迎えに来てくれと頼んだ」

到が云った。かなりはげしい言葉使いだった。語気も荒々しかった。

「誰が迎えに来てくれと頼んだ。誰が頼んだと訊いているのだ」

到は、今度は熊吉に向って云った。熊吉は、夏の間中、野中到の下で働いていた。だから、到は熊吉を介して再度激しい言葉を放ったのである。熊吉は到のはげしい怒りの言葉にぶつかると、すべての責任は自分にあるかのようにかしこまって

「へえ、へえ、なにしろ先生がたは病気のようだし、ここは、とても人間の住むところ

ではねえし、東京の先生たちも心配していることだし……」

と云いかけると、野中は、羽織っていた毛布をそこに脱ぎ捨てて、二人の方にいざり寄って来て云った。

「二人とも、よくよく聞いてくれ。おれたちは病気ではない。いまおれがかかっているのは高山病だ。これは、あと一週間もすると治る病気だ。千代子も高山病にかかったが、今は元気になっている。なにも心配することはない。此処は寒いが、燃料も食糧も充分ある。予定どおり来年の春まで観測を続けるのに支障となるものはなにもないのだ。いいかね、野中到は、いや野中夫妻は死を決してこの山に来たのだ。富士山頂における冬期気象観測を完遂するまでは、下山しない覚悟で来たのだ。少しぐらい健康を害したからといって下山したら、世の笑い者になるばかりではなく、日本人として世界に顔向けのできないことになるのだ。やり出した以上、どうしてもやらないと、おれはこの山から降りることはできないのだ。二人とも、よく聞いてくれ。われわれが富士山頂で冬期気象観測をするということは、国のために、未知の科学の扉を開こうとしていることであって、何等売名的な行為をしているのではない。国のために仕事をしているのであったなら、そのために、たとえ命を落とすことがあっても、やむを得ないことではないか。しかし、心配しなくともいい、おれたちは死ぬことはない。来年の春が来れば、元気な顔をおまえたちにきっと見せることができるだろう。わかったな。里に帰ったら、野中夫妻は元気で居たと云って貰っては困る。いいか、これは野中到の一生のお願いだ。里へ帰ったら、野中夫妻は元気だと云ってくれ」

恵造も熊吉もそういう到に反論することはできなかった。二人はただ頷いているだけだった。

「それほどまでにおっしゃるなら、先生の言葉をそのまま伝えます。私たちも先生が元気だったと云いますから、先生方も、そのことを手紙に書いて下さい。私たちは風が強くならないうちに、その手紙を持って下山します」

恵造は外の風を心配しながら云った。

到は父勝良と和田雄治あてに一通ずつ書いた。千代子は姑のとみ子と実母の糸子に一通ずつしたためた。手紙を書いているうちも、恵造と熊吉は外の風のことについて話し合っていた。野中夫妻は風におびえている二人を長く引き止めることはできなかった。

「野中到の命に掛けてのお願いだ。里に帰ったら、野中夫妻は元気だったと云ってくれ」

到は、委託された手紙を胴巻に入れて、出発しようとする二人の前に手をついて云った。二人は一瞬、こわばった顔をした。到のその激しい執念に対していかなる方法をもって応えたらいいのか迷っていた。

「口がさけても、野中さま御夫妻が病気だったなどとは申しません」

熊吉が片膝をつき到の手を取って云った。

「頼むぞ、ほんとうに頼むぞ」

到はそれでもまだ物足りないらしく、出て行く二人を、立上って送ろうとした。千代子の介添えでようやく立つことはできたが、歩くことはできなかった。到は千代子の手を振り払って、出て行く恵造と熊吉を戸口まで送ろうとして、床の上に倒れた。

「頼む、元気だったと云ってくれ」

到は這いながら云った。その眼に涙が浮んでいた。

二人を送り出した後の戸締りは、千代子一人ではたいへんだった。彼女は、床に倒れている到をそのままにしてまず戸締りをした。そうしなければ、戸の隙間から吹き込んで来る粉雪で、たちまち部屋の中は雪でいっぱいになるばかりでなく、寒風が部屋の中の温度を一気に下げてしまうからであった。

戸締りを完全にしてから、千代子は到を抱きかかえるようにしてストーブの傍につれて行った。千代子は、いそいでストーブに木炭をつぎ足した。

ほっとすると同時に、彼女は自分を失ったように、そこに坐りこんだ。彼女の眼に涙が光った。恵造や熊吉には涙を見せなかった千代子だったが、二人が去って到と二人だけになると、せつない気持になった。死を覚悟した夫が恵造と熊吉に元気でいたと云ってくれと哀願したそのことが彼女の胸をしめつけたのであった。夫が此処で死ぬことは、自分も此処で死ぬことなのだ。悔ゆることはないのだ。彼女は気を取り直した。

「手紙を読もうか」

到が云った。千代子は、われに返った。到が手紙と云った瞬間、彼女は、福岡に残して来た園子のことを思った。園子はどうしているだろう。きっと福岡から手紙が来ているに違いない。千代子は、油紙の包装を解くのも、もどかしい思いで手紙の束を開いた。知らない人からの慰問文が多かった。その中に混って、福岡の両親からの手紙があった。

千代子はまず母の糸子の手紙の封を切った。

一別以来のことがながと書いてあった。当地の新聞にもそなたのこと、大きく取り上げられ、他人様にも声をかけられ、なにかと面はゆい思に候、などということがくどくど書かれていた。東京の姑のとみ子から貰った手紙の内容などもことこまかに書いてあった。

千代子の知りたいことは、そんなことではなかった。園子のことだった。ほかのことはどうでもよく、園子のことだけ書いてきてくれたらいいのに、園子のことについては、手紙の最後の方に、ほんの少しばかり書いてあるに過ぎなかった。

（……園子はこのごろすっかりこの地に馴れ、隣家の幼女、はま子とも仲よく遊ぶように相成候、乳のことはすっかり忘れ、大人と同じものを食べおり候、時折はお前様のことを思い出したようにお母様はなどと申し居り候。その日、その日を元気に過し居るほどに、御安心被下度候……）
千代子はなにか物足りない思いをした。父梅津只圓《しえん》の手紙も、母糸子の手紙とそれほど内容が違ってはいなかった。男の文章と女の文章の相違以外に、これといって目立つようなことはなかった。強いて相違があるとすれば、父の只圓は、くどくどと、千代子夫妻の健康について注意めいたことを書いていた。園子については一言も触れてなかった。姑の野中とみ子の手紙にも、ことさら眼を引くようなことは書いてはなかった。家には別に変ったことはないこと、琴子も元気であること、寒い富士山に籠っている、お前様の御苦労を思うと、ぬくぬくとその日を過す身さえ恥かしく存じ候などという言葉が、所々に使われていた。最後の方に
（……福岡からのたよりによると、園子はその日その日を元気に過し居るとのことゆえ御安心被下度候……）
とあった。手紙の全体の量から見て園子についての部分はあまりにも少な過ぎた。千代子は、糸子の手紙ととみ子の手紙を何度か読みかえした。そして園子のことについて（その日、その日を元気に過し居るほどに御安心被下度候）
という文章が同じなのに気がついた。これは、全く偶然なことであろうか。
「或いは園子になにかが……」
千代子は不安を口に出した。到が手紙を読むのをやめて千代子を見た。千代子は空《くう》に

眼を据えた。

「実家《さと》にいる園子の身になにかが起ったのではないでしょうか。なにかが起ったのを、わざと隠すために、福岡のお母さまと小石川のお姑《かあ》さまが示し合わせて、こんな手紙をくださったのではないでしょうか。ひょっとしたら園子はもうこの世にはいないのではないでしょうか」

千代子は二通の手紙を到に渡した。到はその手紙を二度読み直した。千代子と同じような疑惑をその手紙の中に感じたが、彼は心とは別なことを千代子に云った。

「福岡の伯母さまは、小石川へも、お前のところにも、園子については同じことを書いたのだ。小石川の母上は母上で、園子のことについては福岡からの便りをそのとおり書きうつして、よこしたということだ。別に示し合わせたとか、園子がどうかしたということではないだろう」

それでもまだ疑念が晴れないでいる千代子の気をそらすために、到は話題を変えた。

「千代子、和田先生から、お前が先生宛に送った気象学会への入会金がそのまま返送されてきたぞ」

が、千代子は黙っていた。気象学会のことより、園子のことの方が彼女にとっては大切だった。園子はいったい、どうしたのだろうか。ほんとうに元気でその日その日を過しているのだろうか。

「気象学会の理事会にかけたところ、しばらく延期することになったそうだ」

到が云った。千代子は顔を上げた。

「私が女だからですか」

「理由は書いてない」

「きっと私が女だからという理由なんでしょう。学問には男も女もないでしょう。だいたい和田先生は、なにかと云えば、フランス帰りを持ち出す癖に、心は全くの封建主義者ですわ。女を一段と低く見ようとする気持でいるから、そのようなことをなさるのです。なにかにつけて、女を軽蔑する男は許せません。そういう男の存在は日本の将来に決していいことではありませんわ」

千代子は和田雄治を激しく非難した。到がたしなめても、彼女の怒りはなかなかおさまりそうにはなかった。気象学会に入会できなかったと云っても、それほど怒ることもなかった。明治はそういう時代だった。千代子にしても、こういうことがあるくらいのことを承知で和田雄治に入会希望の手紙を出していたのである。

千代子がいささか取り乱したのは、園子のことが頭の中にあったからだ。彼女は自分自身の気持をまぎらすために、恵造と熊吉が持って来た知らない人の慰問文を手にした。だが、彼女の眼は手紙を眺めているだけで、心は園子の姿を追っていた。

恵造と熊吉は、野中観測所を出たときから風に悩まされつづけていた。真直ぐに立ってはいられないほどの風の強さだから、風速は二十メートルを越えているものと思われた。西風だった。ほとんど連続した風で、剣ヶ峰から、馬の背の間は、その一定風速に身をかまえておればよかったが、馬の背を降りてからは、風向も風速にも突然変化があって、油断すると吹き飛ばされる虞《おそ》れが充分にあった。それでも頂上の平坦部はまだよかった。銀明水から下山道にかかると、つるつるの蒼氷が足下に光っていて、もし、一歩を誤れば地獄の底まで落ちて行くことは間違いなかった。しかも、風は、このあたりから乱れが多くなると共に突風性に変り、いつ、どっちから強風の魔手が延びてきて彼等を引き攫《さら》って行くかわからなかった。彼等はうしろ向きになって、這うようにして、降りていった。彼等が履いている雪沓の底に、野中到が試作して、佐藤與平治のところに預けておいた鉄のかんじきをつけていなかったならば、とても、この蒼氷を降りることはできなかった。野中到が考案した草鞋《わらじ》型かんじきの歯は、氷によく食いこんだ。急がず、一歩一歩をしっかり確保して行けば危険はないことがわかると、二人はうしろ向きになって、一歩ずつ足を後退させていった。手に持っている鳶口の先を氷に打ちこんで、それを手でおさえながら、足を動かすことも、強風の中で、自然に彼等が覚えた身の保全法であった。

恵造と熊吉は、日暮れ時になってやっと八合目に戻った。しばらくは口がきけないほど、二人は風に痛めつけられていた。

八合目の小屋には、夏の間の使い残しの、木炭があった。それを炉にくべて暖を取りながら二人を待っていた野中清、平岡鐘次郎、西藤鶴吉の三人は、恵造と熊吉が口がきけるようになるのを待って、口々に野中夫妻のことを訊いた。

「それがなあ――」

と熊吉が口を濁した。恵造は頭をかかえるようにしたまま黙っていた。

「どうしたのだ。おい熊吉。きさま、まさかおれたちにかくすつもりじゃあねえずらな。おれたち五人は力を合わせて此処まで来たのだ。頂上までは行けなかったが、みんな同じ心で来たのじゃねえか」

鶴吉が御殿場弁丸出しで云うと熊吉は、それ以上かくしているわけにはいかなかった。

「恵造さん、鶴吉の云うとおりだ。仲間だけにはほんとうのことを云わないわけにはいくめい」

熊吉のことばに恵造は、大きく頷いた。野中到に約束したのは、里に帰ってからのことであって、此処まで苦労を共にして来た三人にまで嘘をつけということではなかったと、自らの気持に云いわけをした。ほんとうは恵造も熊吉も、ありのままのことを話したかった。大事を胸の中に隠して置くことはつらいことだった。他人に云えば、それだけ心の中は軽くなるというものだった。

「野中先生は、立つこともできねえような大病にかかっていなさる」

恵造が云った。

「奥さんも病気だ。顔がむくんでいて、歩くのもやっとだ。その奥さんが気象観測を続けていなさる」

熊吉が云った。

「くわしく話して下さい」

と清が乗り出した。清は襟巻を二つに裂いて、それを繃帯がわりにして、凍傷した両足の先にぐるぐる巻きつけていた。清は、ことの重大さに驚いて真青になっていた。

「熊吉、おめえが話してくれ。おめえの方が野中先生に近づきが深いからなあ」

恵造は、その話を熊吉に譲った。それでもまだ熊吉が云い渋っているので、清は

「兄に口止めをされたのでしょう。兄も嫂も病気なんだが、病気のことを誰にも云うなと云われたのでしょう。そうでしょう」

と云った。清にずばり云い当てられると熊吉はもう黙っておられなくなった。熊吉は話し出した。帰るとき、到に何度も何度も、病気だということを他人に云うなと云われたことも話した。

「もし、頂上へ、五人で揃って登ったとしたら、やはり、五人は、先生の前でおれたち

と同じように誓いを立ててきたに違いない。おれたちは野中先生にあれだけ固く約束したのだから、里へ降りたら、先生も奥さんも元気だったと云うつもりだ。みんなもそのつもりでいてくれ。そうして貰わないと、先生を裏切ることになるのだ」

熊吉は姿勢を正してみんなに云った。

悲愴感がみなぎっていた。

「先生がそれほどまでに思いこんでおられるのなら、やはり先生の意志にそむくわけにはいかないだろう。ねえ、平岡さん。あなたは役目がら黙っていることはつらいでしょうが、ここのところはひとつ知らないことにしてくれませんか」

鶴吉が巡査の平岡鐘次郎にたのみこむと、それまで腕組みをして黙って聞いていた平岡鐘次郎が

「おれは、頂上まで行けなかったから、野中夫妻のことはなにも知らない。それに、恵造や熊吉の話は居眠りをしていてなにも聞いていない。恵造と熊吉が野中先生夫妻が元気でいたと云うならば、そのとおり報告するしかないだろう」

ほんとうにすみませんなと鶴吉は平岡鐘次郎にぺこりとひとつ頭を下げて、今度は、野中清に向って

「あなたは、先生の御舎弟だから、先生の気持を一番わかっておられる。帰って、小石川の御両親にほんとうのことをお知らせになってもいいが、外部に洩らすようなことは

しないでください。この鶴吉があらためてお願いいたします」

「父に告げる以外は誰にも話すつもりはないさ」

野中清は鶴吉の前でそう明言したが、その言葉が終らないうちに、清は、兄到と嫂千代子のつめたい骸《むくろ》を見たような気がした。黙っておれば兄夫婦は死ぬのだ。清の総身から血が引いて行った。清だけではなく、そこに居合わせたすべての人が、真相は云わないと誓い合っているにもかかわらず、その結果がどうなるかを思うと、じっとしてはいられない気持であった。

五人は翌朝、八合目を出発して、その夕刻玉穂村の中畑に着いた。二十人近い新聞記者が五人を待ち受けていた。そんなに多くの新聞記者が、未だかつてこの村を訪ねたことはなかった。頂上に登って野中夫妻に会ってきた恵造と熊吉がこもごもしゃべった。

「野中先生も奥さんも元気でした。来年の春になったら下山すると云っておられました」

二人は申し合わせたとおりにしゃべった。野中清と平岡鐘次郎と西藤鶴吉は八合目まででしか行けなかったと新聞記者に答えていた。

野中清は東京に帰って、父の野中勝良と母のとみ子の前で真相を話した。そのときまでに野中清の気持は決っていた。

「兄さんの気持は分ります。しかし、このままに放って置くことはできません。このままにして置けば、兄さんも嫂《ねえ》さんも確実に死ぬでしょう。犬死ですよ。お父さん、病気になったら下山するのが当り前です。出直すのが当り前のことじゃあないでしょうか。ぼくはこれから和田先生のところに行って、すべてを話してきます。たとえ、お父さんがぼくを引き止めてもぼくは行きますよ」

勝良は瞑目《めいもく》して聞いていた。にわかに自説を云うまいと、こらえているようすであった。

「清、そうしておくれ。到が富士山頂で死んだとしても、それは到の望むことであるけれど、嫁の千代子まで犠牲にするわけにはまいりません。千代子にもしものことでもあれば、この私が世間に顔向けがなりません。あの女は嫁を富士山へ追いやって殺したと云われたら私の立つ瀬がありません」

とみ子の眼に光るものがあった。

「清、お前は凍傷の足で歩けないから、人力車に乗ってすぐ行っておくれ。和田さんがおられなかったら、中央気象台長の中村精男さんに会ってすべてを申し上げるのですよ。到は中央気象台の嘱託として出掛けたのですから、気象台の人も同然です。まさか気象台は到を見殺しにすることはないでしょう」

そのときになって、勝良は閉じていた眼を開いて清に云った。

「おれが中央気象台長に会って話す。お前に聞いたとおりのことをそのまま報告する。

あとの処置は、中央気象台にすべて一任することにしよう。到を助けてくれと頼みに行くのではない。お前たちが見てきたことをそのままお伝えするのだ」

そのころ、御殿場の御厨《みくりや》警察署長筑紫警部の前で平岡鐘次郎は、八合目で、恵造と熊吉から聞いた話をそのまま報告していた。人命に関すること故、黙っていることはできないと判断して、敢て八合目の誓いを破ったのである。筑紫警部が平岡鐘次郎の報告を聞き終った直後に、玉穂村村長が、中畑の佐藤與平治を伴って警察署長を訪れた。

佐藤與平治は熊吉から真相を聞いて、すぐ村長に話し、村長は、ことの重大さに驚いて警察署長を訪れたのである。

明治二十八年十二月十七日の東京朝日には野中至慰問の為、雪中富士登山敢行と題して、野中清、勝又恵造、勝又熊吉、西藤鶴吉、平岡鐘次郎の五名が、暴風雪を冒《おか》して富士山頂を目ざした様子がことこまかく報道され、恵造と熊吉が野中夫妻に会った様子も、〈扨《さて》野中氏夫妻の模様を見るに別に異状は認められず……〉

と書かれてある。

その同じ東京朝日は一日置いて十二月十九日に再び野中夫妻の記事を大きく扱った。

慰問隊野中至の重体《じゆうたい》を隠蔽《いんぺい》

富士山頂高層観測を為《な》せる野中至氏夫妻無事なりしことは、此程同氏慰問の為め登山せし富士山麓有志並《ならび》に至氏の弟清氏等の報に依りて伝へられし所なれど、其実は至氏の病勢頗《すこぶ》る危殆《きたい》に瀕《ひん》し居れるなり。然るに慰問登山者が同氏より固く口止めせられしを以《もつ》て之《これ》を秘し居たりしなりとぞ（下略）

同日の新聞は、そのほかに日清戦役における戦死者の合祀《ごうし》のための、靖国神社臨時大祭が挙行された記事と、フランスの文豪、アレキサンドル・デュマ二世が七十二歳で死んだことを報じていた。

14

富士山頂で厳寒と病魔と戦いながら気象観測を続けている野中夫妻が重態に陥っていることが全国の新聞紙上に報道された。野中夫妻を見殺しにするなという声が起った。中央気象台は、国民の声の矢面に立たされた。野中到を気象台嘱託として富士山頂に送りこんで気象観測をさせておきながら放って置くのかと、直接気象台へねじこんで来る者がいた。中央気象台の電話は東京市民の怒りの声に占領されて、業務に支障が出るほどであった。当面の責任者和田雄治に面会を求める人も多かった。しかし、そのころ和田雄治は野中夫妻救援のため御殿場にいたのである。数日間野中夫妻の重態が隠されていたことは、結果的には救援活動を進めるのに役立っていた。

十二月十四日の夜、野中勝良から富士山頂の野中夫妻が重態であるということを知らされた和田雄治は、時を移さず、玉穂村中畑の佐藤與平治あて、野中夫妻救援のために大至急十足のかんじきを用意するように電報を打った。十五日には御厨警察署長の筑紫警部と連絡を取り、救援隊編成について相談し、しばらくこのことを外部に洩れないように処置することを依頼した。筑紫警部は同感を示した。新聞記者が御殿場に押しかけることによって、救援活動がさまたげられることを怖れたのであった。

與平治は和田雄治から電報を受取ると、その翌朝、野中到が図面を書いて、御殿場の鍛冶屋の鉄造に作らせたかんじきを携《さ》げて、助五郎のところへ行った。鉄造が一月《ひとつき》ほど前中風で倒れたので、鉄造につぐ腕前だと云われている鍛冶屋の助五郎を訪ねたのである。與平治は急がせる手前他人には云ってくれるなと前置きして、野中夫妻が重態であり、野中夫妻を助けに行く人達が履くためにこれが至急入用であることを明らかにした。

「たのむ、野中先生御夫妻を死なせたら、御殿場の恥だ。地元の恥だでな」

助五郎は、與平治の話をいちいち頷きながら聞いていたが、話が終ると、改めて與平治の携げて来た鉄のかんじきに眼をやった。板金《いたがね》を縦横に敷き並べて、それを張り合わせ、各板金の両端を折り曲げて、三角形の鋭い爪に磨き上げたものであった。爪の数は全部で十四個あった。まるで鉄の爪のついた草鞋であった。

「さすが鍛冶鉄さんの作ったものだけあるなあ。これを雪沓の底にくくりつけたら、どんなに固い氷の上だって歩ける」

助五郎はそう云って首を捻《ひね》った。さて作るとなると簡単ではないぞという顔であった。

「なあ爺さま、これは腕のいい鍛冶屋がやっても、一組作るのに丸々一日はかかる。急ぐなら幾人かで手分けしねえと無理ずらな」

助五郎は、そのかんじきの絵図を書き取り、寸法を取った。

野中到が鍛冶鉄に作らせたかんじきは、全部で五組あった。野中夫妻が一組ずつ持って行き、あとの三組は與平治のところにあった。過日勝又熊吉等が慰問隊として登ったときこの三組のかんじきはその能力を発揮した。厳冬期の富士山頂には、このかんじきなしには登れないということが実証されたのである。

「まるで鏡のような蒼い氷が八合目から頂上まで張りつめています。かんじきを履かねえでは一歩も歩けません」

八合目から頂上までを、このかんじきを履いて往復した勝又熊吉と勝又恵造の言葉が、野中清から野中勝良に伝えられ、それが和田雄治の耳に入った。和田雄治が、まず、そのかんじきを手配したことは当を得た処置であった。與平治は、野中式かんじきの見本を持って、富士山麓の腕の立つ鍛冶屋を廻った。富士山頂の野中夫妻のことを話すと、どの鍛冶屋も進んで引き受けてくれた。與平治は沼津の鍛冶屋まで足を延ばした。和田雄治からはまず、十足用意しろと電報を貰い、翌日には、十八日いっぱいまでに全数を仕上げるようにという具体的な指示があった。

東京の新聞記者と御殿場の新聞記者が、野中夫妻救援隊のことを嗅ぎつけたのは十八日であった。東京の記者たちは和田雄治の動きからこのことに気がつき、地元の記者は、鍛冶屋から情報を得た。

各紙の記者が御殿場に飛び、中畑に集まったときには既に救援活動は開始されていた。十六日、十七日ころから救援隊用の食糧や燃料を背負った強力《ごうりき》が、続々と御殿場口太郎坊に向っていた。

記者たちは、救援隊と同行するために、かんじきの工面に走り廻った。しかし野中式かんじきを、救援隊の本隊が出発する日までに調達することはむずかしかった。彼等は、この地方の猟師たちが雪沓の底につける十字型のかんじきをやっと都合した。わざわざ、信濃大町からかんじきを取り寄せた記者もいた。しかし、それらのかんじきでは三合目以上へ登ることは困難であった。

和田雄治は頭の切れる男だった。彼は野中勝良から、野中夫妻の重態を知らされると、即座に、與平治へ打電して、かんじきの手配をしたばかりでなく、次々と必要な手を打っていった。

和田雄治は、現在の登山術でいうところの極地法に近い方法で野中夫妻を救出しようと考えたのである。彼はまず御殿場口太郎坊にベースキャンプを設け、此処に救援用の物資を集中し、第一キャンプ地の三合目の小屋に燃料と食糧を運び込んだ。三合目までなら、比較的簡単な服装でも行けた。雪沓の底に十字型かんじきをつければ滑ることはなかった。三合目に燃料と食糧を持ちこんで、第一キャンプを作ると、そのころまでに出来上った野中式かんじきを履いた屈強な強力が、三合目から八合目の小屋まで食糧と燃料を運び上げた。三合目、八合目の小屋には番人を置き、常に火を絶やさなかった。八合目の小屋は第二キャンプとなった。そして、第三キャンプ地は頂上の浅間《せんげん》神社前の氷に閉ざされた石室《いしむろ》を掘り開いてこれに当てる予定だったが、和田雄治は第三キャンプの整備完了を待たずに、御殿場を出発した。天気が崩れる前に野中夫妻を救助しないとたいへんなことになると考えたからである。十二月二十日、和田雄治、筑紫警部、平岡鐘次郎巡査は三人の強力を伴って玉穂村中畑を出発した。一気に八合目まで行くつもりだったが、午後になって、風が強くなり、五合目まで登った一行は、大事を取って三合目の小屋に引返して一泊した。熊吉と鶴吉は、この日の朝早く八合目の小屋を出て、頂上の浅間神社前の石室小屋を開けた。同行四人であった。午後になると風が強くて一歩も外へ出ることができなくなった。四人は頂上の石室小屋で一夜を過した。

二十一日はよく晴れていた。千代子は十時の気象観測のときその青空を見た。午前中は比較的風は少ないが、午後になると、きのうに増して強い風が吹くだろうと予想した。十二月二十一日は野中到の祖父閑哉の命日であった。父勝良が地方を転勤して歩いているころ、到は祖父閑哉に養育された。到の熾烈《しれつ》な愛国心と豪毅《ごうき》な精神は閑哉の感化によるものであった。

「今日は御祖父《おじい》さまの命日だ」

到は低い声で云うと、千代子に、手真似で書くものを持って来るように云った。なにもかも凍ってしまうから、万年筆にはインクは入れてなかった。インクはストーブの傍に置いてあった。

到は千代子に助けられて上半身を起すと、半紙に三友軒閑哉大居士と書いた。千代子はその半紙の四隅に粥《かゆ》の残りの飯粒《めしつぶ》をつけて柱の氷をかき落としてそこに貼った。そこが仏壇となった。

千代子は、到が祖父の命日に当って心ばかりの法要をしたい気持に応《こた》えるためにはどうしたらいいだろうかと考えた。二人が好んで食べていた、小豆も小豆の粉もなくなっていた。砂糖もあと茶飲み茶碗一杯ほどしかない。葛粉も二、三日分しかなかった。米や味噌や罐詰や魚の乾物はいくらでもあったが、二人が口にしないもの、二人が食べたいとは思わない物を祖父の霊前に供えることはできなかった。米の粉でもあれば団子を作るのだがと思ったがそれもなかった。

千代子は悲しかった。食糧庫にはあれほど沢山食べものがあるのに、食べられるものはなく、仏前に供えるものとてなく、その供え物を才覚できない自分自身を不甲斐なく思った。夫の到にどうして謝ったらいいのかその云いわけさえ思いつかなかった。彼女は思案に暮れた。

「御祖父さまは麩《ふ》の吸い物が好きだった。そうだ、氷砂糖が好物だったな。あのきらきら輝く氷砂糖は食べるより見ているほうがいいなどと云われたことがある」

到が云った。

「御祖父さまが麩の御吸い物を……」

千代子はほっとした。麩ならばまだたくさんあった。麩の吸い物を作ることは造作《ぞうさ》もないことであった。しかし氷砂糖は——そして、すぐ千代子は、氷砂糖を到が持ち出したのは、氷砂糖のかわりに氷を供えなさいということだと気がついた。到の思いやりが嬉しかった。千代子は、麩だけが浮いている吸い物を作って、仏前に供えた。十時の気象観測のときに、百葉箱についている氷を取って来て皿に盛って供えた。氷雪に閉じこめられて、ほとんど外の光は入って来ないから、部屋の中は暗かった。千代子は石油ランプに火をつけた。仏前に供えた氷が輝いた。

千代子と到は並んで坐って、仏前に手を合わせた。お経も念仏も出なかったが二人が心の中で唱えていることは同じだった。祖父閑哉の冥福《めいふく》を祈りながら、到は、千代子の健康恢復を祈り、千代子は夫の到が一日も早く立上れるようにと祈った。千代子は仏前に向って手を合わせ祈っていると、柱にかかげてある戒名が、自分自身のもののようにも、夫のもののようにも思われて来るのである。小豆も葛も砂糖も無くなった。二人の口に入る物が無くなったことは死が迫っていることだった。

柱の戒名がなにか云った。三友軒閑哉大居士と書いた紙片が、ものを云った。二人はびっくりして柱を見上げた。声は外だった。戸を叩きながら叫んでいる人の声だった。千代子は戸口まで行って、戸を支えている棒を取りはずそうとしたが、棒は凍りついていて、動かすことはできなかった。

「野中さん生きていますか、死んでいますか」

外の声はそう叫んでいた。風はまだそれほど強く吹いてはいなかったから、外の声は比較的よく聞こえた。

「今開けますから、なんとかして開けますから……」

千代子が云った。

「奥さん、熊吉です。戸を開けるのは大変ですから返事だけして下さい。野中先生はどうしていますか。先生の声だけでも聞かせて下さいませんか。おれたち四人は、昨夜《ゆうべ》浅間神社の前の石室を開けて泊りました。和田先生の一行は今日中に八合目の小屋に着く予定です。明日の昼ごろまでにはみんなでお二人を助けにまいります。それまで待っていて下さい。奥さん、先生は大丈夫ですか。先生は」

熊吉の声は絶叫に近かった。

「元気ですよ。元気ですが、いま休んでいますから、ここまで連れて来ることは無理です」

千代子は到の方を見て云った。到はもう這うこともできない状態だった。起き上っているのもやっとだった。千代子と到の眼が合った。到はなにか云いたそうな顔をしていた。

「奥さん、では明日、和田先生たちと一緒に参りますから、それまで待っていて下さい」

熊吉の声が消えると、風の音が聞こえた。

「和田先生が来るのか。和田先生が……」

到はそれだけ云った。熊吉が、助けに来ると云ったところを見ると、熊吉と恵造の二人は到との約束を破って、自分たちの病状を他人に話してしまったに違いないと思った。

「和田先生が来て、この状態を見たら、きっと降りろというに違いないわね」

千代子は、到の気持を伺うように云った。

「降りるものか。誰がなんと云ってもおれは降りない。おれは死んでも来年の春までは此処を動かないぞ。おれが死んだら、あとはお前がやればいい。既に、気象観測はお前がやっているではないか」

到の顔には決死の色が浮んでいた。初めっから死を賭《か》けての仕事だから、死ぬべきときにはいさぎよく死ぬべきであり、敗れて退くなどということはすべきでないと考えている夫の気持が千代子にはよくわかった。千代子には妻としての務めがあった。それは母の糸子によく云われたように、すべてを夫に捧げることであった。千代子は夫が死ぬ覚悟をした以上自分もその気にならねばならないと思った。すぐ園子のことが頭に浮んだ。二人は長いこと黙ったまま向い合っていた。

野中観測所の外から呼びかけた熊吉の一行四人が八合目につくのと、和田雄治等の一行が八合目に到着したのと、ほぼ同じ時刻であった。日は富士山の巨体の陰に廻り、八合目には寒い風が吹いていた。

「奥さんの声は聞こえましたが、野中先生の声を聞くことはできませんでした」

熊吉は、頂上の野中観測所の戸の内と外での会話の模様を和田雄治にこまかく話した。千代子の力で開けることができなかった戸の構造についても、炉の灰の上に火箸で絵を書いて説明した。千代子が戸の支え棒を容易にはずせなかったのは、十日前に比較して千代子は更に悪い健康状態になったのだろうと話した。

和田雄治は黙って聞いていて、熊吉の話が終るのを待って云った。

「野中夫妻をお前と鶴吉が背負って降りて来るとしたら、どこをどう通るか考えてみてくれないか。そして、その通り道に手を加える必要があるならどうすればいいか話してくれ」

熊吉と鶴吉は顔を見合わせた。野中夫妻を背負って降りるとしたらと云われて、二人は初めて自分たちに与えられた任務の重大性に気がついた。

「九合目あたりに、つるつるの氷のところがあります。あそこだけは、しっかりした足場を切らないと、荷物を背負って降りるわけにはいきません」

と、熊吉は答えた。

「それでは、こうしよう。明朝は、ぼくと、筑紫さんと平岡君、熊吉君、鶴吉君のほか二名が、野中観測所に登る。あとの五名のうち四名は、九合目附近の氷に鶴嘴《つるはし》で足場を刻みこむ仕事をしながら、頂上から降りて来る一行を待ち受けて、下山に協力する。一名だけは八合目の小屋に残って、火を守り、食事の用意をしながら一行の降りて来るのを待つ」

和田雄治はもし途中で天候が急変した場合は、頂上の石室小屋に逃げこむことの手筈まで整えた。八合目の小屋の炉には赤々と炭火がおこり、大きな鉄瓶《てつびん》には湯が沸いていた。

十二月二十二日は薄曇りであった。

千代子は、定時の気象観測のときに、百葉箱の隙間から見るその日の天気を到に告げた。

その日千代子がしなければならないことはたくさんあった。中央気象台技師和田雄治は中村精男台長の次に位置付けられている人であり、事実上中央気象台を動かしている実力者であった。野中到を中央気象台嘱託に任じたのも、和田雄治の力であった。野中到にとっては和田雄治は師であり、同時に上司であった。上司が来るのだから放っては置けなかった。千代子は、自分の身体とも思えぬほどに、思うようにならない身体に鞭打って、部屋の中の掃除をしたり、観測結果の整理をしたりした。たった二間《けん》に三間《げん》の狭い小屋なのになぜこうもごたついているのだろうと歯痒《はがゆ》く思うのだが、ちょっとした箱を動かすこともできず、せわしい息を吐きつづけていた。

それでも九時ころまでにひととおりの整理を終った彼女は、夫の到に着かえさせた。熱がある身体なのに着かえさせるのは気の毒だったが、到がそれを希望するので、下着からいっさいを新しいものに取り替えた。湯を手拭にしめして顔や首や手足を拭いてやった。夫の到が済んでから彼女もまた身づくろいをした。女といえば一段下に見ようとする傾向のある和田雄治が来るのだからしっかりしなければならないと思った。和田雄治等の一行を迎える準備ができてからも、人の訪れる様子はなかった。外へ出られなくなっている二人は、氷の牢獄の中で光明を待つような気持でいた。

「和田先生のことだ、話せばわかる。無理に下山しろとはおっしゃるまい。それに先生はきっといい薬を持って来てくださるだろうし、熊吉や鶴吉は、野菜や果物を背負い上げて来てくれるだろう。薬を飲んで、野菜を食べれば、おれの病気は治る。きっとよくなるのだ」

到はそんなことを口にしながらも、救援隊の接近を恐れているのが、はっきりとその顔に現われていた。夫は下山したくないのだ。強制的に下山させられることが死ぬよりつらいことなのだ、と千代子は思った。千代子はやがてやって来る人たちのために居室にランプをつけた。

千代子が十二時の観測を済ませて部屋に戻ったとき、外で人の声がした。大勢の声だった。戸をどんどん叩く音がした。

「いま、お湯を持って来て、凍っている支え棒を取り除きますから、ちょっと待って下さい」

千代子は外の人に云うと、このときのために薬罐にいっぱい沸かしておいた湯を、持って来て凍りついている支え棒の両端に掛けた。支え棒は、彼女の力でやっと取り除くことができた。外の男たちが、声を合わせて一気に押すと、戸は開いた。冷たい風と、光が小屋の中に一度に入りこんで来た。大勢の人が洪水のように部屋の中に入って来た。誰が誰だか千代子には分らなかった。六人の人が中に入ると、戸は元通りに閉められた。人々は暗い中で眼が見えずにしばらくはそのまま立ち尽していた。

「おお、野中君……」

その声の主が和田雄治だと千代子は思った。千代子は到と並んで、まだかんじきを履いたままで突立っている和田雄治を見上げた。フランス帰りの学者らしいところはなく、軍人のような人だなと思った。和田雄治は野中到の前にかんじきをつけたままで坐った。他の者はそのまま立っていた。みんなが坐るほどの余地はなかった。

「野中君、長い間御苦労様だった。よくこれまで頑張ってくれた。君が富士山頂の冬期気象観測に手をつけた功績は多大である。中央気象台長にかわって心からお礼を云う。君がこれからも続けて観測をしたいという気持は、十日前にここに来た勝又恵造君と勝又熊吉君から伝え聞いたが、その身体では無理だ。富士山はけっして逃げやあしない。来年も再来年《さらいねん》も富士山頂に冬はやって来る。今年はひとまず下山して、身体を直して来年あらためて出直したまえ。ぼくらはこうして君を迎えに来た。山を降りる途中にも、冷たい風に吹かれて君たち夫婦の降りて来るのを待っている人たちがいる」

和田雄治はおだやかに云ったが、到は、和田雄治の顔に鋭い視線を投げたまま黙っていた。到の顔はむくんでいた。むくんだ髯づらの、眼窩《がんか》の奥にひっこんだ眼だけが異様な光を発していた。

「な、分ってくれたな野中君。きみの気持はよく分っているが、大臣の命令が出たのだ。君に下山しろという命令が出たから、ぼくが迎えに来た。御厨署長の筑紫警部も、野中君を無事下山させろという官命を帯びて同行されたのだ」

「官命？」

と到が訊き返した。かなりはっきりした声だった。千代子にはびっくりするほど力強い声だった。到が、重態ではないことを見せようとして、精いっぱいの声を出しているのが、千代子にはよく分った。ランプの炎が揺れると壁に映っている多くの人の影がいっせいに揺れ動いた。

「そうだ、官命だ。下山して貰わねばならないことになったのだ」

「和田先生、熊吉君や恵造君がなんと云ったか知りませんが私は病気ではない。確かに身体は弱っているが、これは病気というものではない。適当な食べ物さえ食べれば、簡単に治る高山病なんです。野菜と果物を充分食べれば、すぐ元通りになることは分っています。先生が私の身体のことを心配して下さるならば、私たち夫婦がほんとうに欲しがっている食糧を担ぎ上げるように手配して下さい。そうすれば、立ちどころに食慾が恢復して、前通り元気になれるのです。私はせっかく始めた気象観測を中断して下山するつもりはありません」

「わかったよ、よく分った。きみの云うとおりかもしれない。しかし、官命が下ったのだ。下山せよという命令なんだよ、野中君。きみも中央気象台の嘱託だ。まさか官命にそむくつもりはないだろう」

和田雄治のその言葉に、到は身震いでもするように肩を振った。和田雄治が何度か口にした官命という言葉が威圧的に響いたからだった。

「官命ですか。それならその証拠を見せていただきましょう。官命という以上、ちゃんとした文書があるでしょう」

到は怒りをこめて叫んだ。出ない声をふりしぼって叫んだ到は前に倒れた。千代子が助け起した。

「野中君、君はぼくを疑うのか。いままで、ぼくと君とは、互いに信頼してやってきた。その君が、ぼくの云うことが信用できないのか。君は病気だ。肉体ばかりではなく、心も病気だからそのようなことを云うのだ」

和田雄治は憤然《ふんぜん》として立上ると筑紫警部の方をふりかえって

「時を移すと、風が出ます。野中君夫妻を担ぎ下ろす準備をして下さい」

和田雄治は、そう云うと、その場を去って器械室の方へ行った。その後を千代子が這うようにして追った。千代子は、破損したままになっている水銀晴雨計を覗きこんでいる和田雄治の足元に手をついて云った。

「先生、お願いです。主人をこのままここに置いてやってくださいませ。私が介抱して、きっと元気にしてみせます」

しかし、和田雄治は千代子の方をちらっと見ただけでなんとも答えなかった。この小屋に入って来たときも千代子にひとことも声をかけなかった和田雄治が、心の中で彼女のことをどう思っているか千代子にはおよそ想像がついた。

「お願いします、先生」

千代子は和田の雪沓に手をかけて云った。

「うるさいね、女の知ったことではないわい」

そのひとことが千代子の奥深いところにあるものにかちんと当った。

「いえ、私にも関係があることです。私にだって云いたいことがあります。先生は官命を振り廻されるけれど、いったい気象台は私たちになにをして下さいましたか。その水銀晴雨計だって、気圧が低くなるとこわれてしまったし、風力計用の電池だって、一夜の寒さで使えなくなるし、風信器だって霧氷で動かなくなりました。そんな頼りにならない器械を、ろくろく実験もせずに主人におしつけたから、主人は心身共に疲れ果てて倒れたのです。気象台はこの野中観測所を建てるに当って、一銭でも援助してくださったかしら。慰問のひとことでも云いに来てくださいましたでしょうか。なんにもなさらないで、いまさら、官命をふりかざして恥かしいとはお思いにならないのですか」

千代子は、そのような言葉が自らの口から出たことさえ全く予期していなかった。ただ、官命のひとことで夫を下山させようとする和田雄治を許して置けなかったのだ。和田雄治の眉間のあたりに深い溝が刻まれた。彼は唇のあたりを震わせて云った。

「女になにがわかる。女には女としての仕事がある。女には子供を育てる義務がある。母としての義務を忘れて、子供を犠牲にするような女にはもはや云ってやるべき言葉はない」

千代子は、はっとした。子供を犠牲にするような女というひとことが彼女の胸を衝いた。子供を犠牲にするということは、園子と離れて暮していることを云っているのではない。その犠牲という言葉の中には死のにおいがした。もしかすると園子は――。

「先生、園子になにか……」

すると和田雄治はひどく狼狽《ろうばい》して、手を振って云った。

「いや、お子さんは福岡で元気でいます。なにも心配することはありません。ほんとうになにも心配することは……どうも、ぼくは、口が下手でつい……奥さん、絶対になにもありませんでした」

しかし、それまで威張っていた和田雄治の突然の取り乱し方は、かえって千代子に園子の身に変事があったことを確信させた。

千代子の全身から力が失せた。眼の前が真暗になった、夫のことも彼女の頭から消えた。彼女はいま、戸を開けて、一歩外へ飛び出せば、氷壁の上を滑落して、ついには園子のところへ行けるのだと思った。明治の女として強く生きよという母糸子の教訓も、いまの千代子にはなんの役にも立たなかった。

千代子は器械室に吹きこんでたまったままの粉雪の上に突伏して泣いた。

15

千代子は筑紫警部が熊吉等を叱る声を聞いていた。なにをぼんやりしているのだ、早く、野中先生を背負いおろす準備をしないか。冬の日は短いし、これ以上風が強くなったらどうするつもりだ。筑紫警部の声は狭い部屋の中でびりびりと響いた。筑紫警部は熊吉等を叱っているのではなく、野中到の決心を早めるために云っていることはよく分っていた。

「奥さんこれ以上どうしようもねえから下山の用意をして下さい」

鶴吉が、千代子の傍に来てすまなそうな顔をして云った。どうしようもねえからとい う鶴吉のことばの中に、下山せざるを得ない理由のすべてが含まれているようだった。千代子は器械室の雪の吹き溜りの中から立上って、鶴吉の肩につかまるようにして、居室に帰った。到は観念したような眼を千代子に向けて

「千代子、ひとまず下山しよう」

と云った。夫のその声を聞くと、千代子はまた泣けた。鶴吉の云うように、どうしよ

うもなくなった自分たち夫婦が哀れに思えてならなかった。千代子は泣きながら、到に着せられるだけのものを着せた。その到の身体に更に三枚の毛布を巻きつけた。到は立派な体格の持主だから、平常十七貫を越えていた。その身体に、着物や毛布を巻きつけたから、総重量は相当なものになった。御殿場一の強力熊吉の力をもってしても背負いおろせるかどうか、危ぶまれた。しかし、もう一刻の猶予もならない状態になっていた。考えているときではなかった。

到は熊吉に背負われた。到を背負った熊吉の身体に何本かの綱が掛けられた。人々はその綱を持って、野中観測所を出た。

「もし滑ったら、引き止めて下さいよ」

熊吉は綱を持っている人たちに云って、氷の斜面を、強風にさらされながら、一歩一歩降りて行った。熊吉が十歩ほど歩いて、一息ついたころを見計らって、綱を持った人々は、熊吉との距離をつめた。

到を背負った熊吉等の一行が野中観測所を出たあとには、千代子と鶴吉と平岡鐘次郎の三人が残った。千代子は部屋の中を見廻した。一行が来る前に一応整理しておいたから、特に手をつけねばならないものはなかった。彼女はもう一度器械室に行った。そこには、便器《おまる》と汚物を入れた木の箱があった。千代子がひとりの力で戸の開閉ができなくなってからは、汚物はそのまま箱に入れてあった。それはがちがちに凍っていた。便器は綺麗に洗ってあとは消毒して置いたし、汚物箱には雪をかけて置いた。彼女は、その汚物箱を外に引きずり出そうとした。それをこの小屋の中に置くことが彼女にはできなかった。鶴吉が手を貸そうとすると、千代子は

「これは私がするから、あなたは火の始末をして下さい」

と云った。ただの云い方ではなかった。鶴吉は千代子の剣幕におそれをなした。千代子は、汚物の箱を吹き溜りの雪の上を滑らせて戸口まで押し出して行った。そんな力が千代子のどこから出たのか、鶴吉には分らなかった。箱は大沢の氷壁の下へころがり落ちて行った。千代子は、手を雪で拭うと、部屋に戻って荒い息をついた。もうなにもすることはなかった。ストーブの中に雪が投げこまれて火が消された。千代子は、雪沓を履いてから、帽子をかぶり、縁に毛皮のついた羅紗《らしゃ》の外套を着た。鶴吉がその上に毛布を巻きつけようとしたが千代子はことわった。鶴吉は千代子を帯で背負った。

「先へ出てくれ、おれがランプを消して戸締りをする」

平岡鐘次郎が鶴吉に云った。平岡鐘次郎はランプを手に提げていた。平岡が動くと影が大きく揺れた。部屋の天井や壁に吊りさがっている垂氷《つらら》がきらきらと輝いた。壁に張りめぐらせた毛布についている霜が光った。千代子はもう泣いてはいなかった。彼女はいままさに火が消されようとしている、氷の洞窟のような野中観測所に最後の別れを告げようとしていた。むくんだ彼女の顔の細い眼がランプの火を見詰めていた。

火が消えた。窓に厚く凍りついた氷を通しての僅かばかりの光線と、戸口からさしこむ明るさが、野中観測所の内部をぼんやりとうつし出していた。そこはもう人間の住むところではなかった。暗い氷の洞窟だった。

「お母さま、さようなら」

千代子は、その暗い洞窟の中から呼びかけてくる園子の声を聞いたような気がした。園子の死霊が富士山頂にやって来て、今まで生活を共にしていたのかもしれない。そんなことを考えると、そこを出るのが、なんとしても気がとがめるのだ。やはり、自分ひとりだけは残るべきだったと思うのである。しかし、そのときはもう、彼女の身体は半ば外へ出ていた。強風が彼女の顔に吹きつけた。

「奥さんも苦しいだろうが、わしも苦しい。がまんしていてくださいよ」

鶴吉が云った。千代子はまぶしい光の中に浮き出た自分の身体をどうすることもできなかった。背後で、釘を打つ音がした。平岡鐘次郎が戸締りをしているのだが、ふりかえってみることはできなかった。暗い氷の洞窟の中に園子ひとりを置き去りにして来たような罪悪感が千代子の髪を絶えず頂上へ引き戻そうとしていた。

千代子はようやく光に馴れた眼を開いた。到の一行はどうやら馬の背まで降りたようであった。一団になって休んでいる彼等に強風に運ばれて来た雪が吹きつけて、白い煙を上げていた。

鶴吉の足取りはしっかりしていた。到に比較して千代子はずっと軽かったし、千代子は鶴吉の背につかまるだけの体力があったから、熊吉ほどに苦労することはなかった。鶴吉は風が強くなると、足をふんばってそれに耐えた。あとから来た平岡鐘次郎が、鶴吉のそばにぴったりつき添った。

千代子は、手足の先の冷たさをこらえていた。指先をどんなに動かしても、その冷たさは去らなかった。背中が寒かったがその方は我慢できないことはなかった。浅間神社の前を通るとき、到は背負われたままで神社に向って祈りをささげた。一行もそれにならった。千代子を背負った鶴吉が前の一行に追いついて、同じように氷に閉じこめられた神社に向って頭を下げた。無事下山がかないますように、というのが人々の共通した気持だった。

神社の前からは、千代子を背負った鶴吉と平岡鐘次郎が先行した。此処までは、強風にさらされることはあっても、滑落する危険性は比較的少なかったが、此処から八合目の小屋までは一歩一歩に危険が潜んでいた。千代子は鶴吉の背から下を見た。鏡のような固い蒼氷の急斜面が光っていた。氷の滑り台の上に立たされた気持だった。悪寒《おかん》が背筋を貫いた。

一行の姿が銀明水のところに現われると、九合目下の大たるみにかけての危険な場所に下山道を作っていた強力たちが集まって来た。彼等は、長い間身体を風にさらしていたため、血の気を失ったような顔をしていた。

鳶口《とびぐち》や鶴嘴《つるはし》で作った階段状の道はごく一部分でしかなかった。時間的に完全な道を作ることは無理であった。彼等はもっとも危険なところだけに道を作っていたのである。鶴吉はその道に踏みこんだとき、あとの熊吉は大丈夫かなと思った。鶴吉にしても熊吉にしても一歩足を踏みはずしたら、引き止めようがないだろうと思った。引き止めようとすれば、その綱を持っている人たちも一緒に、死の道連れにされることは間違いなかった。

千代子は鶴吉の背にいても、いま鶴吉が一歩一歩に命をかけて歩いていることがよく分っていた。千代子はなにも云わず、じっとしていることが鶴吉に対しての唯一つの協力だと思った。夫のことが心配だったが、そっちの方を見せてくれなどと、わがままが云える状態ではなかった。鶴吉の全身が緊張して、なにか、冷たい石につかまっているような感じだった。

到は銀明水のあたりから息苦しさを覚えた。熊吉の背に緊縛されているので胸部が圧迫されたからだった。到はしばしば、そのことを、彼の傍につき添っている和田雄治に訴えた。しかし、それはどうにもしようがないことだった。胸部の圧迫を少なくするためには、到を背負っている帯をゆるめなければならなかった。そうすると今度は熊吉が困ることになるのである。熊吉にとっては、背に負った荷重《かじゅう》が密着していればいるほどうまく重心を取ることができた。熊吉にしてみれば、もっときつく締《し》めつけて貰いたいほどであった。息が苦しいと云っても、休むところはなかった。一刻も早く安全な場所に運ぶ以外に方法はなかった。

「野中君、苦しいだろうが頑張ってくれ、ほんのしばらくのしんぼうだ」

和田雄治はそう云って到を励ました。到は気が遠くなるほどの苦しさを我慢していた。いまにも息が止るかと思うとき、やっと一息つけた。そして、すぐまたどうにも我慢ができないほどの息苦しさが彼を襲った。胸を圧迫しているのが原因のすべてではなく、その苦しみの原因はほかにもあるのだと思った。死が訪れているのかもしれない。しかし、おれは死なないぞ。ここで死ぬくらいならなぜ頂上観測所で死ななかったのだ。彼は熊吉の背中でもがいた。もがこうとしたが、僅かに両手を動かすことができるだけだった。苦しみが続くと、次第に頭の中が朦朧《もうろう》となって行く感じだった。瞼《まぶた》が重くなった。眠ってはならない。ここで眼をつぶったらおれは死ぬに違いない。眼を閉じてはならない。到はそう思った。

到は眼を見張っていた。粉雪を交えた風が、彼の前後で渦をまいた。真正面から吹きつけて来るかと思うと、背後からも横からも吹きつけて来た。そこは富士山という大きな地形の風陰《ふういん》に当っていた。西風が富士山に当って、反対側（東側）に現われる乱流は乱れに乱れた風である。熊吉と彼を支持《サポート》している人たちは、その方向のきまらぬ突風性の風に足をさらわれないようにしていた。到は眼を開いたまま意識が薄れて行くのを感じた。それでも彼は眼を開けていた。眼を閉じれば死ぬのだと思った。眼球を飛雪が洗《せん》滌《でき》した。強風が眼から温度を奪い取った。眼がひどく痛かった。開いてはいられないほど痛かったが到は頑張っていた。風の音が耳から遠ざかり、同時に、苦痛が遠のいて行った。

野中君、野中君と呼ぶ、和田雄治の声が次第次第に小さくなって行った。到は、死ぬものか死ぬものかと思いながら眼を見開いていた。

千代子は八合目の小屋に着いて、炉に赤々と熾《おこ》っている火を見たとき助かったと思った。そしてすぐ、到が無事であってくれることを祈った。千代子は、彼女をそこにおろして、再び外へ出て行った鶴吉の態度や、途中で会った人たちの顔色で、到の身になにかが起っているのではないかと思った。しかし彼女にはどうすることもできなかった。風の間《ま》に間《ま》に、男たちの叫び声がした。その声が段々近づいて来た。一人の強力が走りこんできて

「水、水、野中先生に水……」

と火を守っている男に云った。千代子は、自ら立上って、水を茶碗についだ。大きな黒い塊が小屋に入ってくると、そのまま崩れるように床の上に倒れた。大勢が寄ってたかって、毛布に包んだままの到を、炉端《ろばた》に敷いてある蒲団の上に運んだ。

千代子は到の身体に取りすがった。到は眼を開いていた。瞬きもせず放心した眼が彼女を見ていた。口を固く結んでいた。水を飲ますどころではなかった。

「あなたっ、あなたっ、しっかりして」

すると、その声が聞こえたのかどうか、到は開けていた眼をつぶった。そして、再び開こうとしなかった。呼吸はしているかどうか分らなかった。和田雄治が、千代子にかわって野中の身体を揺さぶりながら、彼の名を呼んだ。何等の応えもなかった。到は死んだように動かなかった。

熊吉が大声で泣き出した。熊吉にしては、生命がけで背負いおろして来た到が、此処まで来て死んだことは耐えられないことであった。熊吉の泣き声と千代子の叫び声とがしばらく呼応した。

「生きているぞ、野中君は生きているぞ」

和田雄治が怒鳴った。

「暖めてやるんだ。身体をマッサージしてやるのだ。きっと野中君は生き返る」

和田雄治が云った。

日はもう暮れかかっていた。野中救援に出動した人々は、疲労と空腹で、ふらふらになっていた。だが彼等は、食べることより先になんとかして野中到を生き返らせることに夢中になった。彼等は、考え得るあらゆる手段を用いて、到を蘇生《そせい》させようとした。

炉で暖めた手で到の身体を揉む者もいたし、石を炭火で焼いて布に包み、懐炉として到に暖を取らせようとする者もいた。到の身体が少しずつ暖まって行った。呼吸をしていることがはっきり分るようになったのは、小屋に着いてから三時間ほど経ってからだった。外は、もう真暗になっていた。

「千代子、なぜこんなに暗い……」

夜半になって到が初めて発した言葉であった。それまで、夫の傍につきっきりで介抱していた千代子の眼に涙が溢れた。到は水を少しばかり飲んだ。和田雄治が到にどこが苦しいかと訊くと、

「胸が、そして眼が痛い」

と云った。到は眼を開けたがなにも見えなかった。眼の激痛に苦しんだ。眼をつぶれば死ぬと思って、眼を開いたまま吹雪の中を降りて来る途中、眼に凍傷を受けたのであった。雪眼ではなかったが、雪眼と同じような症状だった。その到の痛む眼を冷やしてやるのがいいか、暖めてやるのがいいか、それさえ分らなかった。到が息を吹き返してから、救援隊の十二名は、おそい夕食をとった。誰も口をきかなかった。食べるだけ食べると、それぞれ小屋に備えつけの夏期登山者用の煎餅蒲団《せんべいぶとん》にくるまって寝た。千代子と和田雄治と熊吉と鶴吉の四人が起きて到の看病に当っていた。

「君たちは明日の仕事があるから寝てくれ」

和田雄治に何度か云われて、熊吉と鶴吉が寝たのは、二十三日の午前一時ごろであった。

明け方近くになって、ようやく眠ることができた到も、朝の八時ごろになると、激しい咳と共に眼を覚ました。胸は幾分楽になったが咳が連続的に出た。眼の痛みは相変らずだった。到は和田雄治にすすめられて、和田が東京から持って来た牛乳を少しばかり飲んだ。

千代子は到がいくらか元気になったのを見て安心したのか、急に身体から力が抜けて、なにをすすめても食べないし、ものを云うのも苦痛のようであった。

「野中君夫婦にとって一番欲しいものは濃い空気だよ、酸素が必要なんだ」

和田雄治が云った。一刻も早く下界へおろすことだという和田雄治の気持は救援隊の全員に通じた。

到の胸部を圧迫しないために、背負子《しょいご》を二つ組み合わせて、椅子の形にして、それに到がまたがるようにした。八合目から下も危険なことにおいては変りがないが、きのうのように、蒼氷の上を突風につきまとわれての下山という最悪の条件ではなかった。一行は十時に出発した。千代子はきのうと同じように鶴吉に背負われた。

千代子には日に向っての下山はまぶしくて、そして悲しかった。下界に達することは園子の亡骸《なきがら》に会いに行くようなものだと思った。万が一、園子が生きていてくれたらという望みも、山中湖や芦の湖が足下に近づき、やがて、山麓の森林がはっきりと見えて来るようになると、下界における現実が、富士山頂における寒さよりも、もっともっと厳しいものとして彼女に迫って来るような気がしてならなかった。福岡の母と東京の姑《はは》の手紙から想像しても、そして和田雄治のあの言葉から推測しても、園子はもはやこの世の人ではないと思った。なによりも、何度となく、夢枕に立った園子の幼な顔やその言葉が、園子の生存を否定するもののように思われた。

千代子の悲しみがより深い悲しみになっていくのは、下界におりるに従って、頭が冴《さ》えて来たからだった。五合目を過ぎるころから、呼吸がずっと楽になった。

三合目の小屋には二十人近い人が一行を待ち受けていた。

夏のころ、この道を何回となく往復した、あの堂々たる体軀《たいく》の、端麗《たんれい》な到の顔を知っている者は、鬚だらけの青白くむくんだ、あまりにも変り果てた到の顔に声をのんだ。美しい奥さんとして知られていた千代子の変り方は更にひどかった。鶴吉に背負われて来た千代子はどう見ても別人としか思われなかった。

富士山麓の深良《ふから》村の瓜生駒太郎医師が待っていて、野中夫妻に応急の手当をした。

救援隊十二名の任務は三合目までであった。そこからは、待機していた二十名が用意して来た二台の担架《たんか》に野中夫妻を乗せて下山道を急いだ。太郎坊に近づくに従って野中夫妻を迎えに来た者が、次々と担架の上の夫婦に見舞いの言葉を述べようとした。山麓各村の村長や村会議員などの役員もいたし、報道関係者も多かった。筑紫警部と平岡巡査は、それらの出迎えの人たちに、声を高くして云った。

「野中先生夫妻は一刻も早くおろさないといけないのだ、見舞いは後にしてくれ」

筑紫警部と平岡巡査は担架を止めることを許さなかった。担架の持ち手は次々と交替した。おれに持たせろという人が多すぎて、その整理に困るほどであった。冬の最中《さなか》の御殿場口太郎坊あたりには、人影なんかあろう筈もないのに、この日ばかりは野中到夫妻を迎える人でいっぱいだった。太郎坊では炊き出しをして一行を待っていた。救援隊は、此処で暖かい握り飯を食べ熱い味噌汁を飲んだ。暮れたばかりの夜空をこがすように焚火が燃え上っていた。

松明《たいまつ》を先頭に一行は太郎坊を出発して、森の中へ入った。和田雄治や熊吉や鶴吉等から話を聞いて、走り降りて行く報道記者たちが居るかと思うと、村の者の案内で登って来て、和田雄治や、熊吉、鶴吉を囲んで、救出の模様を訊く者もいた。

一行が中畑の佐藤與平治の家に着いたのは夜の九時であった。三合目から次々と伝令が走って、野中夫妻等の一行の動向が伝えられていたから、佐藤與平治の家は見舞客と報道関係者でごった返していた。御厨警察署から、署長を迎えるためと、混雑を整理するために巡査が来ていた。

東京帝国大学有志総代として、医学博士三浦謹之助が佐藤與平治の家に待っていた。

野中夫妻は担架からおろされて、そのまま奥座敷の蒲団の中に移された。部屋の中には大火鉢が持ちこまれて、火が熾《おこ》され、薬罐の湯気が立昇っていた。三浦謹之助の診察には地元の三人の医師が立会って、三浦謹之助の云うことをいちいち書き留めていた。

隣室では、野中勝良が三浦謹之助の診察の終るのを待っていて、容態を訊いた。

「今のところそれほど心配することはない。暖かくして、静かに寝かせてやることですね」

三浦謹之助は翌朝、もう一度診察することを約束して看護婦を残して別室に引き取った。博士はその夜、佐藤與平治の家に一泊した。

野中勝良は三浦博士の五分ぐらいなら会ってもよいという許可を得て到と千代子に会った。

千代子は蒲団の上に起き上って、叔父であり、舅である勝良を迎えたが、到は眼帯をして寝たままだった。勝良が到に声をかけると、到はそっちへ手を延ばして父の手を握ると

「お父さん、残念でした」

と云った。眼帯を取ったがなにも見えなかった。強いて眼を開けようとすると、激痛が眼球を襲った。到は再び眼を閉じた。看護婦が眼帯を当てた。

「なにも云うな到、いまは一日もはやく身体を快くすることだ。それが世間さまに対するお礼だ」

勝良が世間さまと云ったのは、野中夫妻に対する世論のことだった。富士山頂で気象観測をしていた野中夫妻が共々病に倒れたという報道は日本中を沸かした。日清戦争が済んだ直後の最も衝撃的な事件であり、感激的要素を持ったものだったので、国民に与える影響は大きかった。東京帝国大学の有志代表として、当時日本医学会の第一人者と云われている三浦謹之助が、野中到の病床を見舞った一事が、当時の世論の動向を示すものであった。金品を添えた慰問文が全国から送られて来ていた。

「おおぜいさまに迷惑を掛けてすみませんでした」

と到は云った。到の涙は眼帯の下で見ることはできなかったが、勝良の涙はよく見えた。千代子も泣いていた。

「千代子、休んでいるがいい」

勝良は千代子に云った。三浦謹之助の診断によると、千代子は特にひどく悪いところはないから、栄養さえとれば、間もなく元気になるだろうということであったが、勝良には、変り果てた千代子が、そう簡単に元どおりになるかどうか疑問に思われた。このまま二人は癈人になってしまうのではないかとさえ思われた。涙がまた溢れ出した。

「さあ、休んでいるのだ、千代子」

その勝良の言葉に心を決めたように顔を上げた千代子が云った。

「お舅《とう》さま、園子の亡くなったのは何時《いつ》なんですか」

その不意打に勝良は狼狽した。あれほど秘密にしていた園子の死がどうして洩れたのだろうかと思った。

「知っていたのか。園子は可哀そうなことをした。お前たちには済まないことをした」

　勝良が詫びるように云った。そして、勝良は園子が十一月の初めころ、急性肺炎に罹ってあっという間に亡くなったことを話した。園子の死は福岡の梅津只圓から勝良あてにくわしく手紙で知らされた。富士山にいる野中夫妻には知らせない方がいいだろうということも書き添えてあった。園子の死を知っているものはごく少数だった。和田雄治もこのことは知ってはいたが、彼がそんな話を千代子にする筈はなかった。

「千代子、園子は確かに死んだ。しかしそのことをお前は誰から聞いたのだ」

「園子から聞きました。園子が頂上までやって来て、私たちの夢枕に立ったのです。私が死にそうになったとき、園子が、私の身替りになるとはっきり云ったのです」

千代子はその場に泣き伏した。

到はひとことも云わなかったが、彼が嘆き悲しんでいることは、震える手が示していた。看護婦がきつい眼で勝良を見た。安静にして置かねばならない患者の心を動揺させた勝良を責めているようだった。

翌朝、三浦謹之助は夫妻の身体を診て、あとは地元の医師と看護婦に任せて東京へ帰った。そのときの三浦博士の診断書をここに転載する。

　患者野中到二十八歳、父母健在し、一弟一妹あり、皆健全なり、患者自身も亦《また》居常健康にして、明治廿年極めて軽症の脚気に罹《かか》りしも二週間にして治せし外、記すべき疾病に罹りしことなく、今回《こんくわい》富士山頂に越年を企てしを以て、八月四日頃《ころ》より九月二十六日頃《ころ》まで、家屋の建築及び其他の用意の為《た》めに屢々《しばしば》富士山に昇降し、其《その》以前も亦《また》東京に在《あ》りて、登山準備の為に大に心身を労したり、（中略）患者は右側横臥《うそくわうぐわ》の位置にありしものの如し、予が室に入るを見て、患者は左側に転じ、少しく上体を挙《あ》げ一礼せり、其間数回の咳嗽《がいそう》を発す、之を診《しん》するに脈搏《みやくはく》九十至《いたつて》力あり、呼吸頻数《こきふひんすう》時々《じじ》咳《がい》嗽《そう》の為に障害を受く、鼻の前下部軟骨部《ぜんかぶなんこつぶ》に於て少しく腫起《しゆき》藍色《らんしよく》を呈す、両耳も亦《また》然り、之《これ》を圧《あつ》するに少しく疼痛あり殊に両耳に於て然《しか》り、体軀を触るるに常の如し、舌《ぜつ》苔《たい》少しくあり、体格佳良、筋骨の発育も亦甚だ強壮なれども、全体に多少の羸痩《るいそう》あり、顔面少しく膨浮し、口角《こうかく》及び鼻腔に皸裂《きれつ》及暗赤色の痂《か》あり、下腿《かたい》及び足背《そくはい》浮腫し、圧痕《あつこん》を留《とど》む、右足の尖端は繃帯せり、胸部打診上異常なく、左《さ》側前腋窩腺《そくぜんえきくわせん》第四及第五肋間辺《へん》は水泡音を聞く、背部下方に於ても亦両側に水泡音あり、腹部少しく膨満、肝《かん》及び脾《ひ》を触《ふ》れず、下肢《かし》力なく腱反射《けんはんしや》消失せり、此夜尿中蛋白《たんぱく》の有無を検せんとせしも排尿なかりしを以て止む、右足凍傷部を検するに、趾《し》尖背面《せんはいめん》に豌豆大《ゑんどうだい》より杏仁《きやうにん》大《だい》の水泡ありて、皮膚は紫赤色を帯ぶ、故に水泡を開き洗滌して繃帯を施す。

翌日午前は体温三十七度六分、脈搏《みやくはく》八十四至《いたつて》充実せり、今朝大凡《たいはん》三百瓦《グラム》の尿《ねう》を排泄す、其色濃黄、直ちに煮沸して之を検するに少しも混濁《こんだく》せず、之に反して寒冷の場所に置くときは漸次混濁して煉瓦粉《れんぐわふん》様の沈渣《ちんさ》を生ず、咳嗽は尚未だ止まざれども、昨日に比すれば少なきが如し、知覚《ちかく》を検するに、左右指尖《ゆびさき》に於て減少し、恰《あたか》も一枚の紙を隔《へだ》てて之に触《ふ》るるが如しと云《い》ふ、下肢《かし》は鼠蹊部《そけいぶ》より以下《いか》知覚鈍麻《ちかくどんま》し、下腿《かたい》に至りては諸種の感覚殆んど全く脱失《だつしつ》し、皮膚《ひふ》を捻《ひね》ると雖《いへど》も疼痛を起さず、然れども口《こう》、唇《しん》其他には知覚の異常なし。

運動を検するに、眼球、顔面、舌《ぜつ》等に於て異条《いでう》（原文通り）を認めずと雖《いへど》も、上肢《じやうし》の屈伸力は著しく減少し、手の握力に至りては、甚だ弱し、下肢に於ける力も亦甚だ弱く、殊に右脚《うきやく》に於て著しく、両足を背面に向《むか》つて屈せしむるに、其《その》運動甚だ困難なる者の如し、殊に右足の背側屈曲《はいそくくつきよく》は甚だ力なし、腓腸筋《ひちやうきん》少しく圧痛《あつつう》あり、腱反射《けんはんしや》消失、脚部を検するに心臓濁音《だくおん》部に異常なきも、心尖《しんせん》第一音通常の如く清《せい》ならず、然れども肺動脈《はいどうみやく》第二音は亢盛せず、左胸前腋窩腺部《さきようぜんえきくわせんぶ》の水泡音は昨夕の如し、全肺《ぜんはい》に於る呼吸音は総て粗造にして、後下部《こうかぶ》に於ても尚水泡音を聴取す。

腹部《ふくぶ》及腹部の内臓に異常を認めず。

其他鼻尖《びせん》両耳の状態、及び諸部の浮腫等は前夜の診察時《しんさつじ》に異なることなし。

三浦謹之助の診断書は細部を極めているが、両眼に受けた凍傷についての診断結果が書かれてないのは、おそらく、眼の方は眼科医に委《まか》せようとしたためであろう。

到の咳《せき》は三浦謹之助の診断にも見られるように一夜明けるとずっと少なくなったが、眼の痛みはそう簡単には取れなかった。その日のうちに東京から眼科医が来て診察した。

「眼が見えるようになるでしょうか」

千代子は眼科医に聞いた。

「やがて痛みが去るようになれば見えるようになるでしょう」

眼科医は看護婦に処置を命じ、眼薬を置いて帰京した。

到の眼の痛みが去って、かすかながら物が見えるようになったのは下山して一週間ほど経ってからであった。千代子の恢復は早く、一週間目には起きて歩けるようになっていた。

野中夫妻は佐藤與平治の家で新しい年を迎えた。

野中到、千代子の夫妻が御殿場を発って東京へ向ったのは明治二十九年一月十二日の朝であった。

到はまだ介添がなければ歩けないような状態であったが、彼は送りに来てくれた人たちに、この夏には再びやって来て、今度こそ富士山頂の冬期気象観測を成功させることを誓った。そのとき夫妻を送りに来た人たちは、到の眼が甚だしく赤く濁っているのに気がついていた。そして、その赤い眼は終生変ることはなかった。

野中到と千代子は、その夏も中畑の佐藤與平治のところへやって来て、冬期気象観測の準備にかかった。しかし、それまで、野中到の富士山頂における冬期気象観測を積極的に支持していた中央気象台の和田雄治は到に自重《じちょう》することを望んだ。

野中観測所の構造を手直しし、食糧の種類を選択するぐらいで、冬期気象観測に成功することはおぼつかない。強行すれば再度失敗するばかりでなく前回同様に多くの人に迷惑をかけることになるだろうという理由で、再挙を思い止まるようにすすめた。再挙ができなかった理由はこの他にもあった。野中夫妻の冬期観測に際して、中央気象台が提供した気象器械は、温度計を除いて、ほとんど総ては使用不能になった。特に水銀晴雨計が使用できなくなったのは観測に致命《ちめい》的な打撃を与えた。当時の技術をもってしては、富士山頂の高さにおいて使用可能な水銀晴雨計の製作は不可能であった。外国製品にたよっている当時において、それを日本で製作することは更に困難なことであった。

そして、もう一つの中止すべき最大の理由は、野中到の健康であった。千代子は以前と変らない健康体になっていたが、到の身体は未だに本復していなかった。夏の富士山には、どうやら登れるけれど、冬期観測に耐えられるような身体でなくなっていた。到が健康を完全に取戻したのは、それから数年後であった。

野中到は和田雄治の意見に従って、方針を変えた。何年かかってもいいから、夏、冬を通して、観測員が滞在できるような完全施設を持った気象観測所を、国の力で設立するような気運を醸成《じょうせい》するために、民間人として努力しようと考えた。通年観測できる気象観測所を富士山頂に建設することが到の悲願であった。

野中夫妻は東京を去り、中畑の佐藤與平治の家の近くに居をかまえて、富士観象会《ふじかんしょうかい》を作った。和田雄治がこれに協力し、野中夫妻の壮挙に感銘を受けた多くの人たちが応援した。到は民間人の力によって、富士山頂の東安《ひがしやす》の河原《かわら》に新しい観測所を建て、出来上ったところで、これを国に寄附して国営の観測所にしようと考えたのである。しかし、この計画も、和田雄治が朝鮮総督府気象台長として日本を去ってからは、必ずしも順調に進んでは行かなかった。

中央気象台長の中村精男は和田雄治のように情熱的な気象学者ではなかった。

野中到の徒手空拳をもってしてはなにもすることはできず時は流れて行った。この間千代子は、喬《たかし》、智恵《ちえ》、厚《あつし》、恭子《きょうこ》、守《まもる》の三男二女を生んだ。野中勝良が世を去り、父の小石川の屋敷や家作が到のものになったが、家賃の上りだけで五人の子女を育てるのは苦しかった。千代子は生活によく耐えた。一度、男として、志を立てた以上、他の仕事には一切手を触れようとしない夫を助けて彼女は尽瘁《じんすい》した。

富士山頂東安の河原に、ようやく第二の野中観測所が設立されたのは、大正の初めのころであった。高山用の気象器械の研究も発達して、その器械購入の見通しもついた。野中夫妻は再挙を計画して慎重に準備にかかった。今度こそ失敗のないようにと誓い合った。だが天は野中夫妻に味方をしなかった。いよいよ決行という大正十二年の二月、悪性インフルエンザが大流行した。この風邪に罹って肺炎を併発して死亡する人が多かった。不幸にも野中一家はこのインフルエンザに襲われ、家中が病の床に伏した。千代子は病をおして家族たちの看病に当り、家族たちがようやく危機を脱して快方に向ったころ、突然彼女は倒れた。彼女の死は須臾《しゆゆ》の間に訪れた。大正十二年二月二十二日。享《きよう》年《ねん》五十二歳であった。

野中到は、千代子の死後は富士山頂の越冬気象観測については二度と口にしなかった。

時は更に流れた。

昭和になると、富士山頂に国の気象観測所設立の要望が高まり、中央気象台部内の世論ともなった。中央気象台長岡田武松は前台長の中村精男とは違って、積極的に気象事業をおし進めようとする近代的気象学者であった。このころ、第二極年という言葉が識者の間に取沙汰されるようになった。

昭和七年は第二極年に当っていた。極年とは五十年毎に一度、全世界の気象機関が協力して極地及び高山の気象観測を行う年であった。中央気象台長岡田武松は富士山頂において通年観測をすることによって、第二極年観測の日本の責任を果たそうとした。国の予算が通過して、東安の河原に、国立の気象観測所ができ上った。通年観測に入ったのは、昭和七年七月一日であった。

野中到は岡田武松のすすめによって、三女恭子を伴って、この年の八月に富士山頂に登って、新築成った富士山観測所に十日あまり滞在した。恭子は五人の兄妹のうちでもっとも千代子に似ていた。

富士山頂剣ヶ峰には、野中観測所の形骸がまだ残っていた。ほんの一坪ばかりの建物が風雪にさらされたままになっていた。到は恭子を伴って剣ヶ峰に登って、三十七年前に千代子と共に生命を賭けた場所に立った。床は無く、板壁はぼろぼろになっているその廃墟の跡に一本の柱だけが毅然として直立していた。

到はその柱の一部に眼を止めた。到の眼が光った。到は迫って来る感慨にむせぶように、右手を延ばしてその柱の一部に触れた。そこに錆びた釘が一本打ちこんであった。到は両手の指をその釘にかけて揺すぶった。釘はゆるんで、到が力を入れて引くと抜き取れた。

「この釘は千代子が、あの羅紗《らしゃ》の外套を掛けるために、自分で打った釘だよ」

到はそれをハンカチに丁寧に包んで、恭子に渡した。到の眼になにかが光ったようだったが、到はそれ以上なにも云わずに、恭子をうながしてその場を去った。

野中到は八十九歳まで長寿を保って、昭和三十年二月二十八日、逗子市の野中厚氏宅で永遠の眠りについた。その日芙蓉の峰は一点の曇りもなく晴れていた。野中到、千代子夫妻の墓所は東京都文京区音羽護国寺にある。

あとがき

新田次郎

野中氏夫妻の富士山頂冬期滞在記録を第一番目に小説化した人は落合直文氏である。明治二十九年九月廿五日には落合直文著『高嶺の雪』が明治書院から出版された。野中氏夫妻が下山してから丁度九カ月目のことである。

『高嶺の雪』は小説の体裁を取ってはいるが、記録文学的作品のにおいが強く、いたるところに野中到氏の文章や千代子夫人の日記が挿入されていた。『高嶺の雪』は日清戦争直後の民情も反映して、たいへんな評判になり版を重ねた。

落合直文氏の他、石塚正治氏は戯曲『野中至』を書き、伊井蓉峰氏は市村座で、山口定雄氏等と共に、『野中至氏不二山剣ケ峰測候所の場』を上演した。千代子夫人の『芙蓉日記』『芙蓉和歌集』なども相次いで出版された。しかし、野中夫妻の壮挙は、年月の経過とともに次第に忘れられて行って、気象台関係の人と地元の人達の間にだけしかこの事実を知る人は無くなった。

昭和二十三年、橋本英吉氏は野中到夫妻をモデルとして、小説『富士山頂』を鎌倉文庫より出版された。この小説は虚脱状態にあった国民を大いに力づけた。

私が元中央気象台長岡田武松先生の寓居（千葉県布佐町）を訪れて、橋本英吉氏の『富士山頂』を読んだかと訊かれたのは昭和二十五年のことであった。

「読みました。たいへん深い感銘を受けました」

と正直に答えると、岡田先生は
「野中さんは、前の『高嶺の雪』のときもそうだったが、今度も、どうやらお気に召さないらしい」

と云って笑った。野中先生から岡田先生のところへ、その件について手紙が来ていたようであった。岡田先生は更につけ加えるように云った。

「当事者の野中さんにして見れば、誰が書いたものを見ても不満だろうな。おそらく、その当時の苦労は、いかなる名文を以てしても表現はできないということだろう」

二年後に私は小説『強力伝』を書いた。私はこれを岡田先生に送った。小説なんか書いていてけしからんと叱られるかと思ったら、意外にも、たいへん面白かったので会って話したい、という手紙をいただいた。早速次の日曜日に岡田先生を訪ねた。『強力伝』のモデルになった小見山正君の話のついでに、野中先生の話が出た。

「きみが、こんな文才があるとは思わなかったよ、どうだね、いま直ぐというわけにはいかないだろうが、いつか野中さん夫妻を書いて見たら……きみなら長いこと富士山観測所に居たことだし、野中さんのこともよく知っている。きみが書いたら、野中さんも文句をいうまい」

と、岡田先生は、ひどく真面目な顔で云った。

そのとき私は、ただ、はいはいと云って聞いているだけだった。だがその後、本格的に小説を書き出すようになってからは、時折、岡田先生の云われたことがなにか先生の遺言のように思い出されてならなかった。

昭和三十七年ころだったと思う、作家の石一郎氏が中央気象台に私を訪ねて来て、野中到氏夫妻のことを小説に書きたいが、千代子夫人の『芙蓉日記』が中央気象台の図書館にあったら見せて貰えないかと頼まれた。探したが、中央気象台の図書館にはなかった。昭和四十年九月、石一郎氏は『小説と詩と評論』第二十四号に『白い標柱』と題して、野中氏夫妻の富士山頂冬期滞在を描いた中篇小説を発表した。なかなかの力作であった。石一郎氏のこの小説を読み終ったとき、私は、いよいよ私も書くべき時が来たような気がした。書くことを遠慮すべきではないと思った。このようなテーマは書くべき視点さえ斬新であるならば何人が取り上げてもいいのだと思った。そしてすぐ私は書かねばならないという義務感にとらわれた。私は、このころから本格的に資料を集め始めた。

私は昭和七年から昭和十二年までの間に、年に三回ないし四回、一カ月間の交替で、富士山観測所に勤務した。通算滞頂日数は少なく見積っても四百日になるので、富士山の思い出は多いし、なんと云っても富士山観測所の産みの親ともいうべき野中先生についての関心は深かった。

私が野中先生に初めて会ったのは昭和八年の夏の富士山頂であった。野中先生は恭子さんを連れて、前年についでこの年も頂上を訪れて十日あまり観測所に滞在していた。六十六歳とは思われないほどのたくましさで、お鉢廻りに従いて行くのに、私の方が息を切らしたくらいであった。剣ヶ峰にも随行して、明治二十八年の冬のことをいろいろと訊いたが、その時の話はあまりしたくないようだった。その当時は、千代子夫人は茅ヶ崎にいた。

その後日曜日に訪問して御馳走になったこともあった。その当時野中先生は千代子夫人を背負いおろした西藤鶴吉氏がまだ元気でいて、富士山頂の浅間神社の閉山式の神事の後の直《なお》会《らい》（酒宴）の席で彼をつかまえ、千代子夫人を背負いおろした日のことを訊いたが

「えれえ、昔のことを訊くじゃあねえか」

と云っただけで、なにも話さなかった。場所が悪かったのであろう。彼の家を訪ねてそのころの話を訊けばよかったが、その当時私は小説を書こうなどとは夢にも思っていなかった。

『芙蓉の人』が雑誌『太陽』に連載と決ってから、逗子の野中厚氏を訪問して、いろいろと教えを乞うた。厚さんのところに、千代子夫人の『芙蓉日記』の写し本があった。この本は長いこと探していた本であった。借用して複写した。

小説を書くに当って、参考にした文献を掲げると

富士案内　野中至　明治三十四年春陽堂
富士山気象観測報文　野中至　明治二十九年東京地学協会
富士山観測所気象器械　野中至　明治二十九年気象集誌
富士山頂寒中滞在概況　野中至　明治二十九年気象集誌
高嶺の雪　落合直文　明治二十九年明治書院
野中至氏の富士山観測所　和田雄治　明治二十九年雑誌太陽
芙蓉日記　野中千代子　明治二十九年出版社不明

等である。このうち、もっとも私の胸を打ったものは、千代子夫人の『芙蓉日記』であった。これを読んで『高嶺の雪』の骨格となったのは、『芙蓉日記』であったのだなと思った。

野中厚氏は御両親が折にふれて語られたという話を幾つか持っていた。

「母の生存中のことでした。父に褒章の話がありました。富士山頂における冬期気象観測の功績に対する褒章だったと思いますが、父はもし下さるならば、千代子と共に戴きたい。あの仕事は、私一人でやったのではなく千代子と二人でやったものですと云って、結局、その栄誉は受けずに終ったことがありました」

私はこの話を聞いたとき、野中先生が、岡田武松先生に洩らした不満がなんであったかに気がついた。

私の心は決った。野中千代子を書くことだと思った。野中千代子を書くことが、野中到を書くことになるのだと思った。野中千代子が完全に書けたら、地下の野中先生は、きっと喜んで下さるだろうと思った。

野中先生の戸籍上の姓名は野中到であるが、こと富士山に関する記録の多くは野中至である。前記の文献もすべて野中至である。しかし、野中先生から頂いた手紙には野中到と書いてあったことを私ははっきり覚えているし、私の伯父（元中央気象台長藤原咲平）も、野中到が正しいと云っていたことを覚えていたので、この件について野中厚氏に問い正したところ

「私もそれには困りました。父も弱っていたようです。私の子供がお祖父《じい》さんの名前は到がほんとうですか至がほんとうですかと訊くと、父はさあどっちだったかな、と云っておりました。しかし戸籍上到となっていますから、到が本名で至はペンネームと見るべきでしょう」

と云われた。私は厚氏の言を尊重した。

小説の題名『芙蓉の人』は、千代子夫人の芙蓉日記からヒントを得たものだったが、千代子夫人の当時の写真を見ても、『芙蓉の人』と云われてもいいほどの美しい人であ

り、心もまた美しい人だったからこの題名にした。

千代子夫人には会ったことはないが、千代子夫人とそっくりだったと云われている恭子さんをよく知っているから、昭和八、九年ころの恭子さんの姿を思い浮べながらこの小説を書いた。野中先生の赤い濁った眼は怖かった。なにかで、ふと視線が合って、その赤い眼で凝視されると、いまの若い者はなにをしているかと叱られているような気がした。しかし野中先生は、無口の謙虚な人で、決して怒鳴ったり怒ったりするような人ではなかった。時々中央気象台にも見えられたが、岡田先生以下中央気象台の幹部は、まるで大臣にでも対するような鄭重さで迎えた。

私は『芙蓉の人』を書き終って、大きな重荷をおろした感じである。それは、曾て気象庁の職員として富士山に勤務していたことのある身にとって当然の義務を果たしたという安心感と、もう一つ、日本で最も高く評価されるべき女性野中千代子を書いたということであった。

私の『芙蓉の人』を書く動機は前に書いたような理由によるものであるが、野中千代子のことを調べれば調べるほど彼女の偉大さが私に肉薄して来た。

この小説を書く前には偉大な日本女性の名を数名挙げよと云われても、おそらく私は野中千代子の名を挙げなかっただろう。それは私が野中千代子をよく知らなかったからである。しかし、今となれば、私は真先に野中千代子の名を挙げるだろう。

野中千代子は明治の女の代表であった。新しい日本を背負って立つ健気な女性であった。封建社会の殻を破って、日本女性此処にありと、その存在を世界に示した最初の女性は野中千代子ではなかったろうか。世界中の女性の誰もが為し得なかった、三七七六メートルという高山における冬期滞在記録の樹立は、彼女がその記録を意識してやったことではないから更にその事蹟は輝いて見えるのである。事実この事件は当時外国の新聞にも大きく報道された。私は野中千代子を書いていて、明治の女性の強さに啓発された。極端な云い方をすれば、明治二十八年の十二月の富士山頂においては、野中到よりむしろ、野中千代子の方が主役であったようにも思える。当時は女性上位などという言葉はなかったが、野中千代子こそ、いい意味での女性上位に立つことのできる女性であった。現在の世に、野中千代子ほどの情熱と気概と勇気と忍耐を持った女性が果たしているであろうか。私は野中千代子を書いていながら明治の女に郷愁を覚え、明治の女をここに再現すべく懸命に書いた。

最後にこの小説を書くに当って協力いただいた野中厚氏、前富士山測候所長藤村郁雄氏及び平凡社太陽編集部難波律郎氏、更にこの本を単行本に纏めるに当って協力していただいた文藝春秋出版部松成武治氏等の諸氏に厚くお礼を申上げる。

昭和四十六年二月

本書は一九七五年五月に刊行された文春文庫の新装版です

ＤＴＰ制作　ジェイエスキューブ

この作品の中に、現在では差別的表現とされる箇所があります。しかし、著者の意図は決して差別を容認、助長するものではありませんでした。また、作品の時代的背景及び著者がすでに故人であるという事情にも鑑み、あえて発表時のままの表記といたしました。

（編集部）

文春文庫

芙《ふ》蓉《よう》の人《ひと》

定価はカバーに
表示してあります

2014年6月10日　新装版第1刷
2023年3月30日　第4刷

著　者　新《にっ》田《た》次《じ》郎《ろう》
発行者　大沼貴之
発行所　株式会社　文藝春秋

東京都千代田区紀尾井町 3-23　〒102-8008
TEL　03・3265・1211㈹
文藝春秋ホームページ　http://www.bunshun.co.jp

落丁、乱丁本は、お手数ですが小社製作部宛お送り下さい。送料小社負担でお取替致します。

印刷・凸版印刷　製本・加藤製本

Printed in Japan
ISBN978-4-16-790122-6

（　）内は解説者。品切の節はご容赦下さい。

新田次郎
武田信玄（全四冊）
父・信虎を追放し、甲斐の国主となった信玄は天下統一を夢みる（風の巻）。信州に出た信玄は上杉謙信と川中島で戦う（林の巻）。長男・義信の離反（火の巻）。上洛の途上に死す（山の巻）。
に-1-30

新田次郎
劒岳〈点の記〉
日露戦争直後、前人未踏といわれた北アルプス、立山連峰の劒岳山頂に、三角点埋設の命を受けた測量官・柴崎芳太郎。幾多の困難を乗り越えて山頂に挑んだ苦戦の軌跡を描く山岳小説。
に-1-34

新田次郎
冬山の掟
冬山の峻厳さを描く表題作のほか、「地獄への滑降」「遭難者」「遺書」「霧迷い」など遭難を材にした全十編。山を前に表出する人間の本質を鋭く抉り出した山岳短編集。（角幡唯介）
に-1-42

新田次郎
芙蓉の人
明治期、天気予報を正確にするには、富士山頂に観測所が必要だ、との信念に燃え厳冬の山頂にこもる野中到と、命がけで夫の後を追った妻・千代子の行動と心情を感動的に描く。
に-1-43

新田次郎・藤原正彦
孤愁〈サウダーデ〉
新田次郎の絶筆を息子・藤原正彦が書き継いだポルトガルの外交官モラエスの評伝。新田の精緻な自然描写に、藤原が描く男女の機微。モラエスが見た明治の日本人の誇りと美とは。（縄田一男）
に-1-44

新田次郎
ある町の高い煙突
日立市の「大煙突」は百年前、いかにして誕生したか。煙害撲滅のために立ち上がる若者と、住民との共存共栄を目指す企業。今日のＣＳＲ（企業の社会的責任）の原点に迫る力作長篇。
に-1-45

赤川次郎
赤川次郎クラシックス
幽霊列車

山間の温泉町へ向う列車から八人の乗客が蒸発。中年警部・宇野は推理マニアの女子大生・永井夕子と謎を追う——。オール讀物推理小説新人賞受賞作を含む記念碑的作品集。（山前　譲）

あ-1-39

阿刀田　高
ローマへ行こう

忘れえぬ記憶の中で、男は、そして女も、生きたい時がある。あれは夢だったのだろうか。夢と現実を行き交うような日常の不可解を描く、大切な人々に思いを馳せる珠玉の十話。（内藤麻里子）

あ-2-27

有吉佐和子
青い壺

無名の陶芸家が生んだ青磁の壺が売られ贈られ盗まれ、十余年後に作者と再会した時——。壺が映し出した人間の有為転変を鮮やかに描き出した有吉文学の名作、復刊！（平松洋子）

あ-3-5

芥川龍之介
羅《ら》生門《しょうもん》 蜘蛛《くも》の糸《いと》 杜《と》子《し》春《しゅん》 外十八篇

昭和、平成とあまたの作家が登場したが、この天才を越えた者がいただろうか？　近代知性の極に荒廃を見た作家の、光芒を放つ珠玉集。日本人の心の遺産「現代日本文学館」その二。

あ-29-1

浅田次郎　編
見上げれば 星は天に満ちて
心に残る物語——日本文学秀作選

鷗外、谷崎、八雲、井上靖、梅崎春生、山本周五郎……。物語はあらゆる日常の苦しみを忘れさせるほど、面白くなければならないという浅田次郎氏が厳選した十三篇。輝く物語をお届けする。

あ-39-5

朝井リョウ
武道館

【正しい選択】なんて、この世にない。「武道館ライブ」という合言葉のもとに活動する少女たちが最終的に〝自分の頭で〟選んだ道とは——。大きな夢に向かう姿を描く。（つんく♂）

あ-68-2

朝井リョウ
ままならないから私とあなた

平凡だが心優しい雪子の友人、薫は天才少女と呼ばれる。成長に従い、二人の価値観は次第に離れていき、決定的な対立が訪れるが……。一章分加筆の表題作ほか一篇収録。（小出祐介）

あ-68-3